APOLOGIA

DELL'ATEISMO

GIUSEPPE RENSI

Allo spiritello critico di Mileti

Omnem, quae nunc obducta tuenti

mortalis hebetat visus tibi et humida circum

caligat, nubem eripiam.

Virgilio

Quare religio pedibus subiecta vicissim

opteritur, nos exaequat victoria caelo.

Lucrezio

Come un musicista, così un filosofo può talora avere il desiderio di eseguire una sonata su di una corda sola – quella che gli pare più opportuna in date circostanze far udire – e riuscirci; pur conoscendo che altre corde vi sono nel suo stromento che si potrebbero toccare, e pur sapendo, o da sole o unitamente a quella su cui ora svolge il suo motivo, toccare anche quest'altre.

La lettura di questa apologia e specialmente dei capitoli I e II di essa, potrebbe venir utilmente integrata con quella dei miei due volumi Interiora Rerum e Realismo, dove si troveranno delucidazioni e conferme.

G. R.

Contro ogni Dio, l'ateismo asserisce e fonda la sua causa con sicurezza incrollabile e trionfale.

La sua causa è una cosa sola con la "ragione", con la logica, sicché volerla oppugnare è semplicemente insorgere contro le fondamentali leggi logiche del pensiero. È una cosa sola con la mente sana, con la mentalità sviluppata e civile, con la capacità di ragionare correttamente, con la ragione intesa come l'opposto dell'allucinazione o dell'alienazione mentale. Negare l'ateismo è cadere nell'allucinazione, nella pazzia, nella mentalità crepuscolare dei bambini e dei selvaggi, incapaci di distinguere l'è dal non è. Giacché la causa dell'ateismo ha appunto la sua base invincibile nel concetto più elementare: quello di Essere.

Stabilito con precisione e chiarezza che cosa è Essere, resone conto a se stessi fuor degli equivoci e del vago, la questione è immediatamente risolta, e l'inconcussa validità dell'ateismo assodata con la medesima inamovibile certezza con cui lo è un teorema di geometria elementare, chi non riconosce la verità del quale è fuori della ragione, è pazzo.

Devo scusarmi se la semplice e rigorosa dimostrazione che darò di tutto ciò urterà vivamente i credenti di vario ordine, i negatori d'ogni tinta dell'ateismo; se tale dimostrazione li relega fuori della sfera della ragione; se essa sfida la loro indignazione col venir così a comprovare che non si può credere per ragione, ma si crede solo soffocando e negando la ragione, piegandola e deviandola di proposito e preconcetto a suffragare fallacemente quel che già si vuole credere e costringendola a sofisticare se stessa per tener fermo a ciò che si vuol credere.

Indignazione pericolosa, perché prepotente e violenta, come quelle di tutti coloro che credono alcunché non per ragione ma contro ragione, e per mero impulso della volontà cieca che esige così: al che la violenza naturalmente e necessariamente si congiunge. – Mi duole offendere costoro; e offenderli tanto più in quanto la dimostrazione di tutto ciò è semplicissima, chiarissima, inoppugnabile. Ma non si può farne a meno, ché la logica lo esige.

E appunto in questo momento di ritorno, anche politicamente opportunistico, di tutte le vecchie menzogne, le vecchie rugiadose autosuggestioni, i vecchi patetici sdilinquimenti, occorre che qualche voce si levi a sostegno di quella semplice logica che con la sua ventata pura e fredda, spazza via implacabilmente tutta questa umida nuvolaglia e rifà terso e rigido il sereno del cielo intellettuale.

***

Ho detto che la causa dell'ateismo si fonda invincibile sul concetto di Essere.

Che cosa è Essere? È la risposta esatta a questa domanda che risolve la questione dando alla causa dell'ateismo la vittoria irrevocabile.

E la risposta è la seguente.

Essere significa ciò che si può vedere, toccare, percepire. È soltanto ciò che può essere visto, toccato, percepito.

Quando si dice che è solo ciò che può essere percepito, quel può non va inteso nel senso che esista solo ciò sovra cui sia effettivamente possibile metter l'occhio e la mano; ma nel senso che, anche quando questo di fatto non possa accadere mai, pure la cosa che è deve possedere una natura tale per cui sia per sé suscettibile di essere vista, toccata, percepita. Ciò che è, è solo ciò che viene necessariamente pensato come tale che, date opportune condizioni, sia possibile vederlo e toccarlo.

Ciò che è, insomma, è solo ciò che, quand'anche in questo momento non si possa vedere e toccare, o, eziandio, in linea di mero fatto, non si possa vedere e toccare mai, pure sarebbe, sotto certe circostanze, suscettibile di essere visto e toccato; ciò, quindi, che è di natura identica e continua a quella di questo mondo che si vede e si tocca, così da possedere le medesime condizioni di visibilità e tangibilità di questo.

Con queste delucidazioni, ripeto: è soltanto quello che può essere visto, toccato, percepito; "essere" non vuol dire altro che questo.

Tale dunque la definizione di Essere. Ma siccome dire la cosa così è troppo semplice, e un filosofo non ci farebbe una bella figura, diciamola al modo di Kant.

La nostra mente possiede una serie di concetti fondamentali, coi quali pensiamo ordinatamente il reale: per esempio, i concetti di esistenza, di sostanza, di causa. Questi concetti non ci vengono dall'esperienza, sono a priori, sono anzi preventivamente necessari all'esistenza dell'esperienza, cioè di un mondo da conoscere, perché, senza di essi, noi non ci troveremmo dinanzi un tale mondo obiettivo e ordinato, ma un puro fluire caotico di sensazioni oltre il quale la nostra consapevolezza non si estenderebbe. Un mondo reale e obiettivo è costituito appunto di elementi quali sostanza e accidente, causa ed effetto, unità e pluralità. Ho davanti un mondo obiettivo, quando questo rosso non mi si riduce a una pura sensazione soggettiva oltre la quale non vado, ma mi risulta un accidente di una sostanza esterna a me, che chiamo rosa, e quando la mia stessa sensazione mi risulta effetto di alcune qualità appartenenti a quell'oggetto esterno, che riconosco come la causa di essa. Dunque quei concetti fondamentali della nostra mente (ossia le categorie) sono insieme elementi o forme o strutture del mondo, del reale, dell'Essere.

Di che cos'altro, infatti, è costituito l'Essere nel suo fondamento più essenziale, se non appunto di quegli elementi, di quei "concetti", di unità e pluralità, di sostanza e accidenti, di causa ed effetto, di esistenza e necessità? Chiamando detti elementi o concetti o categorie, con parola che tutte le comprende, "la natura del pensiero" si deve dire: è solo ciò che è conforme alla natura del pensiero.

Ma ciò non è tutto. Quel che fu detto sin qui significa: non può esistere se non ciò che ha le forme del pensiero. Ma la preposizione non è suscettibile di conversione. Non ne deriva cioè che si possa dire che le forme del pensiero bastino da sole a far essere alcunché. Esse sono semplici forme, stabiliscono cioè semplicemente la forma in cui qualunque cosa esista, se esiste, deve esistere. Ma di per sé non dicono affatto se o che alcunché esista, non fanno di per sé esistere alcunché. Vero è che il pensiero può essere tentato di foggiarsi delle costruzioni in aria, puramente immaginate (entia rationis) e, poiché anch'esse posseggono quelle forme concettuali fondamentali, di ritenerle cose veramente esistenti. In altre parole, può essere tentato di ricavare dal semplice concetto d'una cosa la realtà di questa; di passare dal concetto di una cosa, e dalla constatazione che esso non è contraddittorio e come concetto si regge, all'affermazione della reale esistenza di tale cosa. Ma ciò è del tutto arbitrario. Quei concetti fondamentali, che sono altresì gli elementi o le forme dell'Essere, per sé sono assolutamente vuoti, e continuano a restar vuoti, comunque distillandoli, spremendoli, almanaccando e ragionando su di essi soli a perdifiato, lambiccandoli, combinandoli, ci si sforzi di darvi o ricavarvi un contenuto concreto, un Essere per davvero esistente. Che un Essere, un alcunché, ci sia davvero, sia davvero esistente, non ce lo può mai attestare da sé il semplice giuoco di quei concetti, mere forme vuote, i quali possono pensare checchessia in forma interamente logica, pur senza che la cosa così pensata ci sia. Che una cosa sia non solo pensata, per quanto con perfetta logicità, ma altresì ci sia, ce lo attesta soltanto la percezione. In altre parole. Quei concetti fondamentali che sono altresì forme dell'Essere, hanno una sola sfera di legittima applicazione: la sfera delle sensazioni plasmate spazialmente e temporalmente, la sfera di ciò che è spaziale, temporale, cioè percepibile, sensibile, atto a cadere sotto i sensi, esteso, materiale. Sono le forme del pensiero, e, insieme, dell'Essere. Ma, al di là di questa sfera, mulinerebbero a vuoto. È solo ciò che ha queste forme. Ma di tali forme è legittimamente suscettibile solo ciò che è percettibile, spaziale, temporale, cioè esteso, materiale. Solo a ciò che è atto a essere percepito, sentito, quelle forme concettuali, quei concetti fondamentali, possono applicarsi senza cadere nel vacuo. Ma esse sono anche le forme dell'Essere. Solo dunque ciò che è atto a essere percepito, sentito, ciò che è spaziale, temporale, esteso, materiale, è legittimamente suscettibile di tali forme del pensiero, ossia dell'Essere. Solo questo è. Solo questo, cioè quel che è percettibile, spaziale, temporale, esteso, materiale, è esistente.

E si badi che quand'anche con l'idealismo posteriore a Kant si ritenga che nulla siavi di "dato", che tutto, anche ciò che è poi preso come "dato", come "intuizione" (percezione), sia costruito originariamente dall'attività pensante, la cosa non cambia; perché anche in questo caso resta fermo che essa attività pensante è ineluttabilmente vincolata a costruire il suo "dato" solo nelle forme dell'"intuizione", spazio e tempo.

I concetti fondamentali o categorie, per sé soli, ci permettono perciò di asserire tutto al più la mera possibilità d'una cosa, non la sua realtà. Alcunché di puramente pensato che corrisponda a quei concetti o forme, è forse un possibile. Ma perché di questo possibile sia permesso di asserire altresì che è reale, occorre l'attestazione della percezione, occorre cioè che la cosa in questione ci sia presentata dalla percezione, si riveli nella percezione, sia vista e toccata, o deducibile immediatamente da ciò che è visto e toccato e come stante in continuità con questo, ossia come, essa pure, spaziale, temporale, estesa, materiale, tale da poter essere anche essa vista e toccata, a quella guisa (per usare proprio il paragone di Kant), che l'esistenza d'una materia magnetica è attestata dalla percezione che abbiamo della limatura attratta, ed è per natura percepibile, cioè sarebbe percepita se i nostri sensi fossero più fini. Insomma per asserire la realtà delle cose, occorre la percezione, e quindi se non la sensazione immediata dell'oggetto stesso della cui esistenza si tratta, «tuttavia (parole di Kant) la concatenazione dello stesso con una qualche percezione reale, secondo le analogie dell'esperienza che esprimono tutte le connessioni reali in una esperienza in generale». L'affermazione dell'esistenza degli oggetti (dice perciò Kant, enunciando il concetto che divenne poi fondamentale nel positivismo milliano) non è altro «che il pensiero di una possibile esperienza nella sua assoluta completezza», il pensiero, cioè, che se la mia possibilità d'esperienza, ossia di percezione, fosse più estesa, li percepirei, ossia il pensiero che essi sono visibili, tangibili, che il loro esser reali è una cosa sola con l'essere tali. «Che possano esservi abitanti nella luna, quantunque nessun uomo li abbia mai percepiti deve concedersi, ma ciò significa soltanto che noi nel possibile progresso dell'esperienza potremmo imbatterci in essi; giacché è reale quello che sta in un contesto con una percezione secondo le leggi del processo empirico». È questo proprio l'identico pensiero che il Mill esprime nel capitolo XI dell'Examination of Hamilton's Philosophy. La possibilità di percepire una cosa, ossia, con parole di Kant, «la possibilità dell'esperienza, è dunque ciò che dà realtà obiettivo a tutte le nostre conoscenze a priori» e così anche ai nostri concetti fondamentali a priori, o categorie, di esistenza, di sostanza, di causa ecc. «Anche i concetti di realtà, sostanza, causalità e perfino della necessità nell'esistenza, perdono ogni significato e sono vuoti titoli di concetti senza alcun contenuto, se io mi avventuro con essi fuori del campo dei sensi.»

Rendiamo questo pensiero di Kant con le parole di un interprete italiano, tenuto in scarso conto dai modernissimi, ma assai più profondo e coscienzioso di essi: il Cantoni. «Alla possibilità d'un oggetto si richiede dunque che esso si accordi colle condizioni formali del nostro percepire, cioè si possa assoggettare alle condizioni pure dell'intuizione e all'unificazione delle categorie, fatta per mezzo degli schemi; si possa cioè in qualche modo sperimentare... Non si può affermare una cosa come reale in modo concreto e determinato, se non se ne ha una percezione diretta, o almeno non la si riconosce come connessa con ciò che direttamente si percepisce secondo i principi puri dell'intelletto e insieme secondo le leggi empiriche; perché allora quella cosa entra nella serie dei fenomeni percettibili, sebbene per l'imperfezione dei nostri sensi o per altra causa qualsiasi non la si apprenda. La cognizione dell'esistenza delle cose giunge fin là, dove giunge la nostra percezione e l'aggiunta che a questa possiamo fare fondandoci sulle leggi empiriche.»

Ecco come la dottrina di Kant non è se non una formulazione speculativa, astrusa e complicata delle semplicissime proposizioni enunciate in principio. Che cosa vuol dire essere? Poter essere visto e toccato (sperimentato, oggetto di esperienza possibile). Che cosa è che è? Solo ciò che può essere visto e toccato.

***

Senonché coloro che a dover rinunciare alle proprie fantasie divine soffrono troppo per cedere di primo acchito ai richiami della rigorosa ragione, si sforzano di aggirare la posizione fissata da quella definizione di Essere, la quale naturalmente taglia d'un tratto e inesorabilmente le radici a quelle loro fantasie: e credono di riuscirci ragionando come segue.

Voi dite – essi argomentano – che solo quel che si percepisce sensibilmente, che è quindi spaziale, temporale esteso, materiale, esiste, perché solo questo è suscettibile di ricevere quelle forme del pensiero che sono anche – sostanza, causa, realtà ecc. – forme dell'Essere. Sareste nel vero, se aggiungeste al vostro discorso le due parolette: per noi. Se cioè diceste che per noi, per la nostra natura mentale legata ai sensi, l'Essere d'alcunché non si manifesta se non mediante la percezione sensibile, e a ciò soltanto che così ci si manifesta possiamo legittimamente applicare il nostro concetto di Essere. Ma chi vi autorizza a erigere ciò che è per noi a legge cosmica, a fare della nostra natura mentale il criterio assoluto dell'universo, del nostro concetto di Essere il solo concetto di Essere onninamente valevole? Chi vi autorizza a escludere che esista un Essere di natura diversa da quella dell'Essere che solo è o appare Essere per noi? Anzi, soltanto togliendo le condizioni sotto cui l'Essere appare per noi, i limiti di finitudine nei quali tutto ciò che è Essere per la nostra natura mentale risulta circoscritto, si può sperar d'avvicinarsi all'idea del vero Essere, alla "pienezza dell'Essere" ove si radica la possibilità della esistenza di Dio.

Duole il dirlo, ma il dovere d'obbedienza alla verità lo impone. Questo ragionamento segna per i credenti che lo fanno la fuoruscita dalla ragione.

10

Relativamente a quasi tutti i problemi vi è una raggiera di soluzioni le quali, pur essendo contraddittorie, stanno però tutte entro la sfera della ragione: perciò si può sostenere che la ragione di per sé non ci consente la soluzione di nessuno di quei problemi, e su tali basi aderire all'irrazionalismo, che, entro siffatti limiti, è fondato. Ma rispetto a ogni problema vi sono o possono presentarsi altresì proposte di soluzione che escono del tutto dalla sfera della ragione; e a favore di queste nessun irrazionalismo serve, la tesi irrazionalistica cioè non può salvarle dalla condanna della ragione. Potrò ammettere che le due soluzioni "proprietà privata o proprietà collettiva", ovvero "monarchia o repubblica", ovvero "monogamia o poligamia", siano entrambe, per quanto opposte, fondate nella ragione, che la ragione le suffraghi entrambe, che la ragione non ci dia dunque modo per sé di escluderne una a beneficio dell'altra, e potrò dunque qui vittoriosamente opporre la veduta irrazionalistica a chi pretendesse che una sola delle due fosse fondata in ragione. Ma non potrò mai invocare la tesi irrazionalistica a favore dell'asserzione che $2\times2=5$ o che la somma degli angoli d'un triangolo non sia uguale a due retti; non potrò cioè mai sostenere qui che anche queste asserzioni sono fondate in ragione, che la ragione non ci dà modo di escluderle in modo decisivo. L'irrazionalismo non serve qui a salvare le tesi in questione. Esse non sono di quelle, che, pure in antitesi con altre, stanno però, insieme con queste altre, accampate sul terreno della ragione e su di questo si reggono. Esse fuoriescono completamente da tale terreno. Sono tesi letteralmente pazze.

Di tale natura è il ragionamento circa l'Essere sopra enunciato, che i credenti tengono a preparazione della loro affermazione della possibilità dell'esistenza di Dio. Esso rivela un modo di pensare interamente manicomiale. Chi lo tiene è del tutto fuori dalla ragione ed è (parzialmente, su questo punto) in preda alla pazzia. Chi fa e accetta quel ragionamento preparatorio all'affermazione di Dio, e quindi chi crede nell'esistenza di Dio, è pazzo nel più rigoroso senso della parola (e che altro diceva Pascal col suo «cela vous fera croire et vous abêtira?») proprio come chi fosse convinto che $2\times2=5$.

Vi può essere (dicono) un Essere di natura diversa da quella sensibilmente percepibile e propria di ciò che è Essere per noi. Ma questa è una proposizione da demente. E la sua insania, in essa dissimulata, si rende patente in altre proposizioni che stanno con essa sull'identico piano. Affermare quella proposizione, cioè, è l'identica cosa che affermare una delle seguenti.

Che cosa è corpo? Ciò che è esteso nello spazio. Ma, badate, tale è il corpo per noi. Potrebbe però darsi che per altri esseri, per altri luoghi, o in sé, esistessero corpi senza estensione.

Ovvero: che cosa è solido? Il corpo attraverso cui non posso passare senza trovar resistenza. Senonché questo è il solido per noi. Chi vi dice che non possa esistere un altro solido, un solido di altra natura, traverso cui invece sia possibile passare senza incontrare resistenza di sorta?

Ovvero, ancora: che cosa è il triangolo? Una figura piana di tre angoli. Sta bene; ma per noi. È forse escluso con ciò che si possa dare un triangolo altro, un'altra natura di triangolo, che possieda invece quattro angoli? E così, non potrebbero darsi parallele di natura altra da quella che possiedono le parallele per noi, le quali potessero racchiudere uno spazio? O un cerchio d'altra natura di quella propria del cerchio per noi, nel quale i punti non siano più equidistanti dal centro?

Ovvero infine: non potrebbe darsi che per altri luoghi, per altri esseri, o per noi se fossimo diversamente conformati, quella che è la destra, per noi come siamo, sia la sinistra e viceversa, e il guanto destro si possa calzare sulla mano sinistra? O non potrebbe darsi che la direzione del tempo dal passato all'avvenire sia tale soltanto per noi, ma che, per altri luoghi o esseri, il tempo proceda dall'avvenire al passato, l'individuo cominci con la morte e finisca nel seno della madre, tutta la storia si svolga in senso retrogrado e per di più l'avvenire, sebbene si parta da esso, resti avvenire, e il passato, sebbene a esso arrivi, resti passato?

Tutto questo è manifestamente pazzesco. Quando si afferma che solo per noi vale la definizione del corpo come ciò che è esteso nello spazio e che potrebbero esistere corpi d'altra natura che non fossero estesi, o che solo per noi vale il concetto di solido come il corpo che non si può penetrare senza resistenza e che potrebbero esistere solidi d'altra natura in cui ciò non si avveri – si pronunciano affermazioni manicomiali. Perché "corpo è ciò che è esteso nello spazio", è (come si dice nella scuola) un giudizio analitico, in cui il predicato è già contenuto nel soggetto, si ricava da questo semplicemente guardando nel concetto di esso, dice la stessa cosa che dice il soggetto e nulla più. Se cancellate il predicato (esteso) cancellate anche il soggetto (corpo). Ciò che è nonesteso non può dunque essere un altro corpo, un corpo d'altra natura, ma un noncorpo. Esteso è il corpo solo per noi?

Ma ciò che non è esteso, cancella l'idea che designiamo con la parola "corpo"; bisognerebbe dunque designarlo con un'altra parola. Si tratta, quasi, di una definizione nominale. Si enuncia: ciò che è esteso nello spazio lo chiamerò corpo. Questa enunciazione vale non solo per noi, ma per esseri di qualsivoglia diversa natura. Pretendere che, partendo da quella definizione nominale, usando la stessa parola che essa definisce, qualcuno di questi potesse dire: vi sono dei corpi non estesi, è come pretendere che solo per noi valga che l'esteso è l'esteso, ma che vi possa anche essere un esteso d'altra natura, un esteso nonesteso. La contraddizione palmare, l'assurdo manifesto, mette in luce la pazzia del ragionamento.

Lo stesso vale per gli altri esempi addotti. Un corpo che non presentasse resistenza, una figura piana che avesse più di tre angoli, una curva i cui punti non fossero equidistanti dal centro, non sarebbero già un altro solido, triangolo o cerchio, un solido, triangolo o cerchio d'altra natura di quella che per noi; ma un nonsolido, un nontriangolo, un noncerchio. E ciò per qualunque Essere e in qualunque luogo. Perché anche qui si tratta di giudizi analitici o definizioni nominali. Una volta detto che la curva, i cui punti sono equidistanti dal centro, lo chiameremo cerchio, a nessun Essere per quanto diverso da noi sarebbe lecito, partendo da questa definizione, usando la parola così definizione, affermare la possibilità di un cerchio in cui l'equidistanza dei punti dal centro non vi sia. Poiché il predicato si può qui mettere al posto del soggetto, sarebbe come dire che solo per noi, ma per altri esseri forse no, vale che la curva che ha i punti equidistanti dal centro li ha equidistanti dal centro; − che insomma solo per noi, ma per altri esseri forse no, vale il principio d'identità, vale che a=a.

Ma quel che si scorge così chiaramente riguardo al corpo, al solido, al triangolo, al cerchio, bisogna rassegnarsi a scorgerlo anche riguardo all'Essere.

Alla definizione: "Essere è, non già ciò che è soltanto pensato o immaginato, ma ciò che si riscontra nella percezione sensibile, ciò che questa ci attesta esistente, ciò dunque che è visibile, tangibile, esteso, materiale", si obietta: "Questo è l'Essere per noi; ma non va escluso che possa darsi un altro Essere, un Essere d'altra natura, che sia senza essere sensibilmente percepibile". Ma l'obiezione è, quanto quelle precedentemente discusse, riferentisi al cerchio o al triangolo, frutto di vaneggiamento mentale. Poiché "Essere è ciò che sensibilmente si percepisce" è un giudizio analitico, o se si vuole, una definizione nominale, non v'è nell'universo, mente per quanto diversa dalla nostra, che possa legittimamente, partendo dal concetto e dalla parola di Essere, negare il predicato. Tolto il predicato (sensibilmente percepibile) cade necessariamente e per chiunque anche il soggetto (Essere), come tolto il predicato "esteso" cade per chiunque il soggetto "corpo". Non si può più parlare d'un altro Essere, d'un Essere d'altra natura. Bisogna dire nonEssere, come si diceva noncorpo, nontriangolo, noncerchio. Ci troveremmo, cioè, in una sfera in cui, non avendo più applicazione il nostro concetto di Essere (nostro, certo, ma che è assurdo pensare possa da enti quanto si voglia diversi, venir accettato e mantenuto, e, nello stesso tempo, fatto diventar altro, cioè negato) saremmo completamente al buio, non potremmo né pensare né pronunciare alcunché, dovremmo chiuderci la mente come nel sonno profondo o nella morte. È detto tutto? No: a quella sfera non si potrebbe applicare il verbo è, non si potrebbe dire che è, se no la si ricondurrebbe ancora entro il nostro concetto di Essere, ciò che doveva essere escluso. Essa è dunque la sfera del nonEssere, del Nulla; il quale dunque non sopporta la distinzione di "relativo" e "assoluto" cui fanno volentieri capo i metafisici, quando, per esempio, dicono, come Schopenhauer, che per noi, sì, il Nulla è l'annientamento del mondo fenomenico, ma proprio questo mondo invece potrebbe in sé essere il Nulla. Anche il Nulla, infatti, è un concetto nostro, e come tale concetto, come tale giudizio analitico o definizione nominale, di portata universale. Quel tale concetto che noi esprimiamo col segno o col suono "nulla" è quello che è, e come questo che è lo è per qualunque ente. Un concetto diverso, un nulla diverso, sarebbe appunto diverso, cioè, un nonNulla. − In altre parole: il concetto di Essere, appunto perché è nostro, nasce e si regge solo nella sfera controllata dalla nostra mente, nella sfera di ciò che è sensibilmente percepibile, nella sfera dei fenomeni, nella sfera empirica. Solo entro questa sfera si può parlare di Essere, perché solo con questa il concetto di Essere, in essa e per essa nato, combacia. Al di là, tale concetto non ha più nessuna applicazione e portata e cade nel vuoto. Al di là. Ma che cosa ci sarà al di là? Certo nulla che è, altrimenti si tornerebbe ad applicare indebitamente anche là il (nostro) concetto di Essere, a far rientrare nell'Essere quella sfera che, quasi per definizione, ne sta fuori.

***

Un'analoga argomentazione permette di liquidare il ragionamento con cui quello ora confutato si prolunga. L'Essere – si dice – è dato a noi solo entro limitazioni e circoscrizioni. Ogni cosa per noi è, solo in quanto circoscritta rispetto alle altre e quindi da queste negata. La stessa coscienza è per noi coscienza solo in quanto ha di fronte a sé alcunché che non è la coscienza, un nonio, che la limita, che la nega. Ora queste limitazioni e circoscrizioni costituiscono, esse appunto, una privazione, una (almeno parziale) nullificazione. Solo togliendole col pensiero, solo assurgendo all'idea d'un Essere che ne sia libero, si giunge al concetto di ciò che è, non più solo per noi, ma in sé, l'Essere, del vero Essere, di quella "pienezza dell'Essere", che ci riapre dinanzi la visuale di Dio.

Ma anche questo ragionamento è infetto della medesima insania del precedente. Come sarebbe cosa da pazzi dire: il triangolo, in quanto superficie piana racchiusa da tre rette, è il triangolo solo per noi, ma cancelliamo i limiti, togliamo i lati e raggiungeremo il vero triangolo, il triangolo in sé; come, invece, è qui evidente che se si tolgono i limiti, cioè i lati, non già si raggiunge il vero triangolo, ma si cancella tutto, si annulla il triangolo, si approda al nulla; – così, ciò va riconosciuto anche per l'Essere. La negazione è indispensabile alla determinazione; senza di quella scompare anche questa. «Determinatio negatio est», come diceva Spinoza (il quale però da ciò approdava precisamente alla tesi qui combattuta). La definizione, quasi a dire nominale, di Essere è questa appunto: "Ciò che è determinato, e quindi limitato, circoscritto". Si tratta di un giudizio analitico; il predicato si ricava dal concetto del soggetto per sé, semplicemente guardando in esso, è lo stesso soggetto, può venire a questo sostituito. Al di là della sfera di "ciò che è determinato e quindi limitato, circoscritto" il concetto di Essere svapora, e non solo per noi, ma per qualunque altra mente, perché il concetto di Essere non è se non quello, e ogni altra mente, in quanto parli di Essere e faccia capo al concetto di Essere, non può non accettarlo, precisamente come ogni mente, per quanto diversa dalla nostra se vuol parlare di "acqua" o di "fuoco" deve accettare la cosa o fenomeno com'è, che noi designiamo con quei segni o suoni, e non pretendere di usar questi per designare una cosa diversa, una cosiddetta altra acqua o altro fuoco, che non sarebbe se non una nonacqua o un nonfuoco. Le cose sono solo in quanto si staccano una dall'altra, spiccano una rispetto all'altra, si distinguono una dall'altra; e possono

14

essere avvertite come essenti solo in quanto tutte insieme si contrappongono a una coscienza, costituiscono una "limitazione" di questa, come questa di quelle. Se tutto fosse veramente una cosa sola, una qualità sola, se non esistesse che questa (senza nemmeno una coscienza che l'avvertisse, la quale sarebbe una cosa diversa) quell'assoluta uniformità in cui nulla si stacca, spicca, si distingue, sarebbe appunto niente altro che l'infinito buio uniforme del nulla. Togliete le determinazioni, ossia le limitazioni, le "negazioni", e questo è ciò a cui arrivate. Insomma, togliendo le limitazioni dell'Essere, non si raggiunge già il vero Essere, ma si annulla il concetto di Essere, nato appunto nella e per la sfera di ciò che è determinato e quindi limitato e circoscritto e avente significato solo per questa. A quale altro concetto si approderà? A nessun concetto, poiché i concetti sono formazioni nostre e reggono solo in quella sfera (la sfera fenomenica). A niente che è, se no sarebbe ancora Essere. – «Noi togliamo (scrive Kant) dall'oggetto dell'idea le condizioni che limitano il nostro concetto intellettuale, ma che sono anche quelle le quali sole rendono possibile che noi abbiamo di una qualsiasi cosa un concetto determinato. E ora pensiamo alcunché, di cui noi circa ciò che esso in sé sia, non abbiamo alcun concetto, ma di cui tuttavia pensiamo un rapporto coll'insieme dei fenomeni, analogo a quello che i fenomeni hanno tra loro». Egli denuncia ancora «il falso appagamento della ragione» derivante da ciò che «alla fine si cancellano tutte le condizioni, senza le quali tuttavia nessun concetto di una necessità può aver luogo, e, poiché allora non si può più comprender nulla, si prende ciò per un completamento del proprio concetto». Ciò è appunto dire che il concetto di Essere, generato entro e per la sfera del limitato e condizionato, valevole solo in questa, non può esser proiettato fuori di questa. A nulla fuori di questa si può applicare il verbo è. Nulla fuori di questa c'è. E dobbiamo ripetere che chi non capisce o non vuol capire come il concetto di Essere, appunto perché generato nella e per la sfera controllata dalla nostra mente, non ha alcuna presa o portata fuori di essa, di nulla dunque fuori di essa si può dire è – costui non è in cervello, o, per il suo bisogno o desiderio di credere, si annebbia, altera e disloca volontariamente il cervello.

***

Possiamo dunque alla fine di questa analisi con sicurezza ripetere: come è evidente che 2×2=4 e ciò per tutti gli enti che vogliono parlare delle cose designate coi segni 1, 2 e 4, così è evidente che (e ciò per qualsiasi ente immaginabile) Essere è solo quel che si può vedere e toccare o che si può da questo immediatamente dedurre e come avente la sua medesima natura, cioè come sempre per sé visibile, tangibile, materiale (oggetto di esperienza possibile).

Non v'è altro Essere tranne questo; e mettere in dubbio ciò è la medesima alienazione mentale come mettere in dubbio che 2×2=4 o che non vi sia altro triangolo tranne la figura piana racchiusa da tre rette.

DIO È IL NON ESSERE

Per molto tempo Dio fu un possibile. Cioè fu un Essere visibile e tangibile sotto certe condizioni, visibile e tangibile se... Una specie d'uomo per quanto superiore, una forma personale per quanto eccelsa, una cosa, insomma, per quanto immensa e strapotente, suscettibile di manifestarsi nello spazio e nel tempo e quindi della stessa essenziale natura di questo nostro mondo spaziale, percepibile, materiale, alcunché che stava in contesto con questo, in contesto con l'esperienza, che era oggetto d'esperienza possibile; una cosa tra le altre cose (persona tra le altre persone) cui queste altre si contrappongono e che si contrappone a esse, distinta da esse, quindi circoscritta, limitata. Con ciò, Dio possedeva quei caratteri che s'è visto costituire, soli, i caratteri dell'Essere.

Così stava la cosa, per esempio, nel mondo omerico o biblico, dove Dio appare, si manifesta nel campo dei fenomeni, nello stesso piano di questi e in contesto con questi, è sensibilmente percepibile, fatto empirico, oggetto d'esperienza possibile. Così sta anche la cosa tuttavia pel pensiero di molti, forse per il pensiero comune. Ma il pensiero filosofico (compreso in questo il pensiero teologico) cioè il pensiero critico e cosciente di sé, non disposto ad ammettere a occhi chiusi il press'a poco, il confuso, l'incompleto, s'accorse ben presto che quello non era Dio, e procedette a purificarlo di tutti i dati che con la concezione di Dio erano incompatibili.

Gli tolse così ogni limitazione e circoscrizione, ogni rapporto, unità di contesto, similarità di natura con ciò che è "oggetto d'esperienza possibile". Lo fece divenire eterno, immutabile e onnipresente, cioè lo collocò fuori dello spazio e del tempo. Lo fece diventare onnicosciente, cioè provvisto d'una coscienza illimitata che non ha nulla fuori e contro di sé; invisibile e incorporeo, ossia precisamente privo di conformità con quelle "condizioni formali dell'esperienza" (consistenti nella suscettibilità di assunzione entro le forme dell'"intuizione" o percepibilità e quindi entro le categorie) che sole caratterizzano, come stabilisce Kant, ciò che è possibile; con una parola sola, lo fece diventare infinito. Ma con ciò gli tolse tutti i caratteri dell'Essere. Perché come si vide, il concetto di Essere sorge e si regge solo nella sfera di ciò che è visibile, tangibile, spaziale, temporale, esteso, materiale, di ciò che è limitato, circoscritto, condizionato.

Voler applicare questo concetto fuori di tale sfera, pretendere che d'alcunché che non abbia tali caratteri, si possa dire in qualsiasi senso è, è tale un assurdo come sarebbe pretendere di applicare l'idea del "rosso" fuori della sfera della visibilità e sostenere che, se non per noi, almeno per altre menti, qualcosa che pur non abbia alcuna relazione con la sensibilità visiva, fuori della portata di questa, anche senza l'esistenza di questa, pure può dirsi in qualche senso "rosso". Perciò profondamente vera è l'osservazione di Nietzsche: «Colui che disse: Dio è uno spirito, fece finora in terra il più gran passo e balzo verso l'incredulità»; giacché dirlo spirito significa precisamente toglierlo dal campo della "intuibilità" (percepibilità) e quindi della sussumibilità entro concetti, le quali sole fanno sì che una cosa è. Per noi? Chi ripetesse l'obiezione dimostrerebbe soltanto la sua incapacità di capire. Darebbe a divedere di non essere ancora riuscito a intendere che le sole possibili forme dell'Essere sono le stesse forme sensibiliintellettuali nostre, le stesse forme della nostra facoltà sensibilitàpensiero, le stesse forme del nostro pensiero (dei nostri concetti, in quanto legittimamente applicabili soltanto alle percezioni) – e ciò perché Essere è una nota, una determinazione, una caratterizzazione, una definizione data da queste nostre forme, che ha valore solo in rapporto a queste, e fuori di queste cade e scompare interamente, sebbene come da queste costrutta abbia anche un valore assoluto, nel senso che chiunque voglia parlare di Essere deve accettare la determinazione data a questa da coloro che ne hanno formato il concetto e la parola (i "postulati del pensiero empirico" kantiani sono, non lo si dimentichi, a priori come le categorie, e quindi assoluti e universali): precisamente come "rosso" è una sensazione che ha significato, che è qualche cosa, solo entro il campo della percezione visiva e questa supposta, che al di fuori di tale campo si smarrisce nel nulla, pur avendo valore assoluto nel senso che qualunque ente immaginabile voglia parlare di "rosso", deve accettare il rosso com'è per la percezione visiva, deve (per dir così) porsi dal punto di vista di questa, proprio perché il rosso non è che per questa.

Ricordando che tutte le categorie mediante le quali noi possiamo farci il concetto di un oggetto «sono di nessun altro uso tranne che empirico né hanno affatto significato se non sono applicate a oggetti di esperienza possibile, cioè al mondo dei sensi», e che, «fuori di questo campo, esse sono semplici titoli di concetti, che si possono ammettere, ma con cui non si può comprendere nulla», Kant osserva che dunque la questione se Dio sia sostanza, se possegga la somma realtà, se sia necessario ecc., è una questione senza senso. Ed egli avrebbe dovuto, per essere coerente alla sua dottrina, esplicitamente aggiungere, invece di quel vago "ecc." e degli equivoci con cui si sforza di giustificare la conservazione di Dio, se non come oggetto, almeno come "idea", che – essendo anche l'Essere una nostra categoria, o l'insieme di esse, e perciò richiedendo per la sua oggettività la sensazione – altrettanto senza senso e assurda è la questione se Dio sia.

Se insomma noi raccogliamo tutti gli attributi di Dio nella qualificazione, che tutti li comprende, di infinito, il dilemma che invincibilmente ci incalza è il seguente. O Dio è limitato, circoscritto, conforme alle condizioni formali dall'esperienza, oggetto fra oggetti, e non è più Dio. O è infinito e allora cade fuori dell'Essere, è non Essere. O Essere e nonDio, o Dio e nonEssere.

***

Qui interviene il colpo di disperazione della teologia negativa.

Ogni teologia giunta alla sua piena coscienza critica, è in qualche misura negativa, appunto per l'avvertimento che essa fa dell'impossibilità di congiungere i caratteri dell'Essere con quelli di Dio, di far coincidere Dio e l'Essere. Nelle formulazioni più pure e risolute della teologia negativa tanto cristiana quanto vedantina, questo avvertimento diventa perfettamente chiaro, ed essa nega quindi risolutamente a Dio l'Essere, riconosce che a Dio il concetto e il verbo è non si può applicare, che Dio dunque non è.

Tocchiamo, rapidamente, alcuni dei suoi momenti principali.

Dopoché, nella linea cristiana della teologia negativa, lo pseudoDionigi ne aveva enunciato i motivi fondamentali, Agostino, con cui essa comincia ad affermarsi nettamente e quasi a dire ufficialmente, stabilisce che a Dio non è applicabile alcuna delle categorie aristoteliche (cioè appunto le note per cui una cosa è) e che Dio quindi è «sine qualitate», «sine quantitate», «sine indigentia», «sine situ», «sine habitu», «sine loco», «sine tempore», «sine ulla mutatione»; che è «super omnem essentiam intelligibilem sive intellectualem atque sensibilem», «super essentialiter et super intelligibiliter», cioè oltre l'Essere; che quindi egli «scitur melius nesciendo», che di lui «nulla scientia est in anima, nisi scire quomodo eum nesciat» che di lui perciò «hoc solum potui dicere, quid non sit; quaeris quid sit? quod oculus non vidit, nec auris audivit, nec in cor hominis ascendit».

In Scoto Erigena, il quale sulle tracce dello pseudoDionigi e di Massimo il Confessore, conduce la teologia negativa a piena maturazione, vediamo precisarsi quella qualifica di "sopraessenziale" o stante oltre l'Essere, data da Agostino a Dio, nel senso appunto che questo non possiede l'Essere (come non si può nemmeno dire che egli possegga la bontà, perché ciò implicherebbe che fuori e contro la bontà che è Dio ci fosse il male, mentre nel seno di Dio ogni opposizione e contrasto è superato). «Essentia dicitur Deus, sed proprie essentia non est, cui opponitur nihil; yperousios igitur est, id est superessentialis. Item bonitas dicitur, sed proprie bonitas non est; bonitati enim malitia opponitur; yperagathos igitur est, plus quam bonus, et yperagathotes, id est plus quam bonitas»; così non si potrebbe dire che egli è la verità, l'eternità, la sapienza, la vita, perché contro e fuori di ciò stanno gli opposti, la falsità, la temporalità, l'insipienza, la morte: e Dio è dunque oltre o sopra la verità, l'eternità, la sapienza, la vita. Egli non è più qualcosa, non è alcunché, non è, tanto che non può quindi conoscere nemmeno se stesso: «Deus itaque nescit se, quid est, quia non est quid». – Con ciò la teologia negativa raggiunge la sua piena formulazione, la quale resta sostanzialmente la stessa, anche quando col Cusano, tale teologia prenda il nome di "docta ignorantia" e quella "contrariorum contrarietas", che, come si dirà, per l'Erigena è Dio, diventi la "coincidentia oppositorum".

Finalmente mentre la mistica occidentale, per esempio con Angelus Silesius, raccogliendo in sé il moto mentale torbido e confuso con cui la teologia negativa pretende affermare in concetti il nonEssente e quindi l'Impensabile, e a tale moto abbandonandosi tutta, proclama in forma ancor più esplicita che Dio è nulla, («Gott ist wahralftig nichts; und so er etwas ist, So ist er's in mir, wie er mich Ihm erkisst», "Dio è veramente nulla; e in quanto è qualche cosa, lo è solo in me com'egli a sé mi elegge"), la teologia vedantina, proprio nella più classica delle Upanisadi, nella Brihadaranyaka approda anch'essa a tale assoluta negatività come all'unico carattere di Dio. «Segue tosto l'insegnamento (di Brama) mediante "No, no!"; perché non vi è niente di più alto di questo (se uno dice): Non è così». «Il Sé (Atman) dev'essere designato con "No, no"!»

In fondo al pensiero della teologia negativa si presenta dunque irresistibilmente chiaro che Dio equivale a nonEssere, che non è. Ma ecco che, con uno di quegli sforzi per confondersi e stravolgersi la mente mediante un'esagitazione convulsiva di tipo "dionisiaco", allo scopo di poter a ogni costo affermare ciò che si vuole credere – sforzi ripulsivi, anzi nauseanti per i cervelli composti e lucidi, ma che tornano in favore al giorno d'oggi in cui si estollono, sopra il senno calmo, i "moti di passione" – la teologia negativa pretende poter affermare che quello che essa aveva nettamente scorto come nonEssere, pure è per eccellenza precisamente l'Essere.

Ed ecco Agostino, dopo aver detto che Dio è «sine qualitate», «sine quantitate» ecc. asserire che però «si possumus quantum possumus» dobbiamo pensarlo con la qualità della bontà, con la quantità della grandezza, ecc., ridonando così le categorie a ciò che si era dichiarato dover esserne fuori. Eccolo dopo aver stabilito che Dio è fuori dell'Essere (superessenziale), dichiarare che «verius cogitatur Deus quam dicitur, et verius est quam dogitatur», ch'egli è il sommo Essere, che fa essere, e che quindi «quidquid aliquo modo est». Eccolo, per conseguenza, dopo aver dichiarato che di Dio non si può dire se non «quid non sit» (il "No, no" delle Upanisadi) e che egli «scitur melius nesciendo», riempire volumi di dissertazioni intorno a Dio, ai suoi caratteri, qualità, determinazioni, e persino intorno alla Trinità; eccolo saper esattamente che cosa persino questa sia: cioè il Padre l'immutabile e semplice principio di tutte le cose, il Figlio l'attività mediante cui tutto è creato, conservato e retto, lo Spirito Santo l'impulso che ci illumina, ci educa, ci conduce al bene; e sapere altresì che questa Trinità divina si è improntata in tutte le cose create (perché in ognuna c'è e l'Essere in generale e il suo Essere particolare e l'unione d'entrambi in un tutto individuale) e specialmente in noi, in quanto siamo, conosciamo e vogliamo. Peggio ancora Scoto Erigena. Egli aveva assai da vicino sfiorato quello che è l'esatto concetto di Essere. «Omnia quae corporeo sensui vel intelligentiae perceptioni succumbunt, posse rationabiliter dici esse; ea vero, quae per excellentiam suae naturae non solum omnem sensum sed etiam intellectum rationemque fugiunt, jure videri non esse.» Cioè, come poi disse Kant e come in conformità allo spirito di Kant qui venne precedentemente dimostrato, Essere è solo ciò che la percezione offre alla presa delle categorie concettuali e fuori di ciò non c'è essere, reale è, con parole di Kant, «ciò che si accorda con le condizioni materiali dell'esperienza (della sensazione)». Egli aveva in conseguenza altresì assai nettamente fermato il principio dell'empirismo che solo i fenomeni sono il reale («quidquid ipsarum causarum in materia formata in temporibus et locis per generationem cognoscitur, quadam humana consuetudine dicitur esse»), e che le cause essenziali o forze occulte sono inesistenti («virtus seminum eo tempore, quo in secretis naturae silet, quia nondum apparet, dicitur non esse»). Anche per lui, come per Agostino, sta «nihil proprie de Deo posse dici, quum superat omnem intellectum omnesque sensibiles intelligibilesque significationes, qui melius nesciendo scitur, cuius ignorantia vera est sapientia». Ma, invece di dedurre da ciò, in conformità ai suoi stessi principi precedentemente ricordati, che, appunto il fatto che Dio non è sensibileintelligibile, che non è dato ai sensi e all'intelletto, dimostra che egli non è, Scoto Erigena, aiutandosi con la sua teoria degli ordini della natura per ciascun dei quali è Essere ciò che per l'altro è Nulla, dichiara invece che Dio è il solo vero Essere, «solus vere est», che è «sumna omnium causa summumque principium». E naturalmente nel voler affermare così l'Essere di ciò che non è, lo Scoto è obbligato a cumulare nella designazione di tale preteso Essere tutte le note del nonEssere e dell'Impossibile, tutte le determinazioni che si sottraggono alla presa delle categorie, ossia alla comprensione: vi si sottraggono appunto perché non sono, non sono appunto perché vi si sottraggono. Dio, così, «per seipsum amor est, per seipsum visio, per seipsum motus; et tamen neque motus est, neque visio, neque amor, sed plus quam amor, plus quam visio, plus quam motus». Egli «movet seipsum et movetur a seipso in seipso et in nobis; non tamen movet seipsum, nec movetur a seipso, in seipso et in nobis, quia plus quam movet et movetur in seipso et in nobis». Dio in una parola, è «similium similitudo, et dissimilitudo dissimilium, oppositorum oppositio, et contrariorum contrarietas» – la contraddizione delle contraddizioni.

Ma questa contraddizione delle contraddizioni, che è Dio, è appunto quell'Incomprensibile che è incomprensibile perché nulla e nulla perché incomprensibile: non ha cioè le forme del pensiero perché non ha le forme dell'Essere e viceversa, le une e le altre essendo le medesime. Si tratta dunque di parole senza concetti perché il concetto che dovrebbe corrispondervi è contraddittorio e quindi non può esistere. E se la convulsività mentale "dionisiaca" ci fa credere e ci dà l'illusione di possedere un concetto pronunciando una parola, basta "pensarci su" e cercare di determinare il concetto per veder questo dissolversi nell'impossibile e come concetto sparire. Tale è il concetto di Dio, come emerge dalla spasmodicità insensata con cui – pretendendo, per dir così, di posare sul filo d'un rasoio e da esso poter protendersi, vivere e respirare in due differenti atmosfere, in due medii di diversa densità, in due spazi di diverse dimensioni, in entrambi i regni opposti dell'Essere e del nonEssere – tenta invano di afferrarlo e di salvarlo la teologia negativa. La quale con ciò si muove su di un terreno prettamente manicomiale, poiché sintomo indiscutibile di pazzia è urtare contro le leggi fondamentali del pensiero, smarrire il senso del principio di identità e di contraddizione, asserire che alcunché nel medesimo tempo esiste e non esiste, togliere ad alcunché quelle che si sanno essere le sole note dell'Essere e poi affermare ugualmente che è.

Ma la teologia negativa non fa che mettere in vista più saliente il carattere manicomiale (spiace dover tornare a usar questa parola, ma la probità intellettuale, al di là i rispetti umani lo esige) proprio della credenza in Dio in generale. Perché ogni forma di credenza in Dio nella sua fase alquanto progredita, fa, sia pure in modo più coperto, quel che esplicitamente fa la teologia negativa: vale a dire asserisce l'Essere di ciò (Dio), che, per renderlo Dio, per sublimarlo a Dio, ha dovuto spogliare di tutti i caratteri dell'Essere: poiché (non lo si dimentichi) l'Essere è solo ciò che «corporeo sensui vel intelligentiae succumbit», e Dio a ciò si sottrae; poiché, insomma, Essere è una determinazione, una definizione posta dal nostro organismo sensibileintellettuale, nata mediante esso, avente validità e significato solo nella sfera da esso controllabile: quasi direi (se non ci fosse pericolo di equivoco) una sua percezione o sensazione, un modo con cui esso "reagisce a certi stimoli". Fuori di ciò l'Essere svanisce nel nulla precisamente come il "rosso" o il "verde".

Un'ultima osservazione servirà a confermare quanto testè si disse. Ogni forma di credenza in Dio alquanto progredita è obbligata ad asserire almeno che Dio, da essa qualificato come eterno e onnipresente, è dunque fuori dello spazio e del tempo. Ma poiché (in linguaggio di Kant) spazio e tempo sono le forme della nostra sensibilità, a ciò soltanto che è nelle quali foggiato si possono applicare i nostri sommi concetti intellettuali (sostanza, causa, realtà ecc.); poiché, con altre parole, spazio e tempo sono le necessarie forme di ciò che risponde alla definizione o al concetto di Essere; poiché "altre forme dell'intuizione (oltre spazio e tempo) come pure altre forme dell'intelletto (oltre quelle discorsive del pensiero o della conoscenza mediante concetti), quand'anche fossero possibili, non potremmo tuttavia in nessuna guisa immaginarle e rendercele comprensibili, ma, se pure lo potessimo, esse però non apparterrebbero all'esperienza quale all'unica conoscenza in cui ci son dati oggetti"; poiché dunque un Essere che non abbia quelle forme non si può pensare, e, col supporlo, si pensa precisamente il nulla; così la proposizione "Dio è fuori dello spazio e del tempo" equivale a quest'altre: "Penso che sia ciò che non posso pensare che sia", "è ciò che non è". Ossia, ancora, si tratta d'una posizione di pensiero manicomiale.

✳✳✳

Dio non è, è dunque una verità così elementarmente irrefutabile quale 2+2=4. Essa si fonda invincibilmente sulle prime pagine, per chi sa leggerle, d'ogni trattato di logica elementare, quelle pagine che portano per titolo "le leggi del pensiero". Negarla è perciò cadere nello sconvolgimento mentale, e propriamente nella pazzia. "Dio non è" è un giudizio analitico, come "il corpo è esteso". Alla stessa guisa che in questo il predicato si ricava esaminando logicamente il soggetto, senza bisogno di nessuna esperienza, così avviene in quelle. Il predicato "non è" si ricava dal soggetto "Dio" con la stessa certezza e irrecusabilità logica e quasi tautologica come "esteso" da "corpo".

Il predicato, cioè, in quel giudizio, come in questo, ripete la medesima cosa che dice il soggetto, non fa che ridare il contenuto di questo. Corpo=estensione, esattamente così come Dio=nonEssere. Dio non è così certamente come il corpo è esteso. Vuol dire nulla così certamente come corpo vuol dire estensione.

In relazione antitetica ad Anselmo e Descartes, questa si può ben chiamare la prova ontologica dell'inesistenza di Dio.

L'inesistenza di Dio è dunque un ovvio principio di logica elementare; una questione di semplice logica. Chi la impugna è fuori della logica, fuori della ragione, fuori della sanità mentale. Non capisce nemmeno con precisione che cosa vuol dire è, o se l'ha capito, non sa tener fermo a ciò che ha capito, e, con incredibile confusione mentale, ritorna a dire è di ciò che non è, ad affermare l'Essere di ciò che egli stesso sa non possedere quelli che ha poc'anzi scorto come i soli caratteri dell'Essere. – Ora, questa impossibilità logica di Dio ci verrà ribadita da un breve esame d'alcuni dei principali attributi che a lui vengono ascritti.

Ma preliminarmente è opportuna una chiarificazione.

***

L'argomentazione svolta sin qui viene a dire: Dio è inesistente perché non possiede le forme dell'Essere le quali sono le medesime di quelle del sensointelletto (spazio, tempo, categorie), cioè perché non è spaziale, temporale, esteso, materiale, quindi non afferrabile dalle categorie, non pensabile giacché solo ciò che invece possiede queste qualità ha l'Essere (corrisponde alla definizione del concetto indicato col segno o suono "Essere"). Dio, insomma, non è, perché (in linguaggio di Kant) non concorda con le condizioni formali e materiali dell'esperienza, ché solo di ciò che vi concorda si può dire che è; non è perché è inesperimentabile.

Ma da alcuni anni è venuto di moda di parlare di "esperienza religiosa". Dio si sperimenterebbe, se non esteriormente, interiormente a noi. Egli sarebbe dunque oggetto d'esperienza possibile; riacquisterebbe così mediante questo fatto il carattere dell'Essere, che sta appunto solo nella sperimentabilità; e perciò verrebbe del tutto meno il fondamento della dimostrazione dianzi data.

Senonché tale tesi si fonda unicamente sull'equivocità di linguaggio.

Quando si parla di esperienza, d'esperienza possibile, di quella esperienza possibile che è una cosa sola coi caratteri dell'Essere, che attesta l'Essere, s'intende, (in linguaggio di Kant) il risultato dell'unificazione, operata dalle forme del sensointelletto (spazio, tempo categorie) del molteplice della sensazione. Senza questo contenuto, quelle mulinano nel vuoto, e danno, non esperienza, ma il suo contrario, chimere, Hirngespinnster. In più semplici parole, quella esperienza che significa l'Essere e non mera fantasticheria, richiede come suo fondamento primo il dato sensibile e a questo l'applicazione delle forme intellettuali: cioè, secondo l'espressione di Kant «per comprendere la possibilità delle cose in virtù delle categorie e quindi per dimostrare la realtà obiettiva di queste, ci occorrono, non semplicemente intuizioni, ma anche sempre intuizioni esterne». Così c'è qualcosa; senza l'"intuizione esterna", senza il dato sensibile, c'è solo costruzioni immaginative (ens rationis,

Gedankeding), ossia c'è nulla. Ancor più semplicemente: quell'esperienza che attesta l'Essere, è di ciò che è visibile, tangibile, percepibile, di ciò che per sua natura può essere visto, toccato, percepito. Perciò tale esperienza è universale come le forme del sensointelletto, ogni centro di sensointelletto, ogni uomo, è in grado di farla, anzi (poiché non può non percepire ciò a cui è messo in presenza, poiché non può, nemmeno volendo, respingere la rivelazione d'Essere che la percezione gli dà) non può non farla se anche s'impuntasse a non volerlo.

Tale è dunque la natura di quell'esperienza possibile, ossia di quella sperimentabilità, che è una cosa sola con l'Essere di alcunché, la cui presenza in alcunché è la condizione necessaria e sufficiente per poter dire che ciò è. Ma la cosiddetta "esperienza religiosa" è precisamente il contrario di questa.

Essa è un prodotto delle forme, non già, per di più, dell'intelletto, ma del sentimento, e che inoltre costruiscono sul vuoto, cioè senza contenuto, senza dati sensibili, senza "intuizioni esterne"; dunque, tipico Hirngespinnst. È un fatto appartenente alla psicologia, non alla dottrina della conoscenza (alla logica trascendentale) non cioè avente a base le condizioni a priori generali della conoscenza, l'insieme delle strutture della conoscibilità (spazio, tempo, categorie), le strutture che deve prendere la conoscenza, vale a dire che deve prendere l'Essere per essere percepibile, conoscibile, ossia Essere. È perciò un fatto interamente privo di quella necessaria universalità che ha la sperimentabilità in quanto significante l'Essere; cioè un fatto del tutto particolare, soggettivo, incomunicabile, circa il quale non è possibile (come invece lo è circa ciò che possiede la vera sperimentabilità) far arrendere chiunque pretenda negarlo, dicendogli: "Guarda, tocca!". Perciò i patrocinatori dell'"esperienza religiosa" hanno cura di avvertire che bisogna non già voler prima sapere od ottenere una dimostrazione, ma anzitutto avere o suscitare in sé la fede, e che, quando ci si è procurata questa, dopo si sa. Pura autosuggestione adunque. Ma se una tale "esperienza" fosse la prova dell'essere del suo oggetto, allora – poiché c'è anche un'"esperienza", d'identica natura, dello spiritismo, del teosofismo, dello yoga, del fachirismo, dei presagi nei sogni, del dionisismo come nelle Baccanti di Euripide, e poiché per tutti coloro che si immergono in questi punti di vista, cioè che hanno prima la fede, l'esistenza sperimentale del loro oggetto è soggettivamente altrettanto certa quanto quella dell'oggetto dell'"esperienza" religiosa – così bisognerebbe dire che anche tali "esperienze" sono attestatrici dell'Essere del loro oggetto. Invece sono manifestamente tutte del pari esperienze a cui la mente deve resistere se vuol conservarsi sana, e cedendo alle quali essa cade in quella che Renonvier chiamava la «vertigine mentale», la costruzione allucinatoria consistente appunto «nel passaggio dell'immaginazione del possibile a quello del reale, o da un'ipotesi, da principio dichiarata tale, alla conoscenza d'una pretesa realtà». Vertigine mentale, a cui esplicitamente il Renonvier annovera i fenomeni mistici, e, in generale, le credenze religiose avite, la forza delle quali è dovuta appunto «a una vertigine mentale che agisce fin dall'infanzia». Si tratta cioè, per usare l'espressione perfettamente sinonima più volte ripetuta, di pretta pazzia.

Del resto questa questione della sperimentabilità di Dio è liquidata da un argomento che dagli odierni virtuosisti del pensiero sarà tacciato di grossolanità, ma che, malgrado ciò, è luminosamente probante. Da trenta secoli si "dimostra" Dio, e non solo ancora non ne sono persuasi tutti, ma anzi i non persuasi sono cresciuti di numero. Ciò non vi dice nulla? Se da trenta secoli si "dimostrasse" il sole, questo fatto vorrebbe piuttosto dire che il sole esiste o che non esiste? Insistete nel dimostrare una cosa? Ciò prova che questa è dubbia. Appunto perché dovete insistere nel dimostrarla, è dubbia (alla stessa guisa che l'avverbio certo significa precisamente incertezza: "Certo, quel cassiere è infedele, certo quella donna tradisce il marito"; ciò vuol dire: "È probabile, ci sono indizi, ritengo, ossia è dubbio che..."; se la cosa fosse assolutamente provata, cioè certa, l'avverbio certo scomparirebbe e si direbbe semplicemente: "Il cassiere è infedele, la moglie tradisce"). Se la cosa fosse certa non ci sarebbe bisogno di dimostrarla. Basterebbe indicarla col dito. Ci si rivela così un albero, una pietra, e non ci si dovrebbe rivelare con la stessa indubitabilità l'Essere sommo? Con la stessa indubitabilità, dico, e non in quella forma di pretesa rivelazione che è la cosiddetta "esperienza religiosa", in cui quegli che dice: "Sento Dio" bisogna che si metta per "sentirlo" in condizioni specialissime, particolari a pochi, anomale; forma oscura ed equivoca, non già palmare ed evidente, quale quella che prende, imponendosi anche a chi non ne volesse sapere, la rivelazione dell'Essere d'un sasso; forma che non solo non persuade tutti, ma lascia nei più l'impressione di esser frutto di autosuggestione e allucinazione. O forse, come sostengono i teologi, Dio non ci si rivelerebbe con siffatta indubitabilità, appunto perché la certezza della sua esistenza non divenga un motivo irresistibilmente determinante le azioni dell'uomo e questo conservi la sua libertà, rimanga cioè in condizione di operare il bene liberamente e non già costrettovi dalla conoscenza indubitabile che esiste un Giudice che premia e castiga? Sarebbe un cattivo scherzo; e nessun padre buono si comporterebbe così coi suoi figli, li lascerebbe cioè nell'incertezza circa la reale esistenza dei suoi ordini e delle sanzioni di questi, allo scopo che sia loro salvaguardata la libertà di fare il bene o il male, e pel bel gusto e con l'unico risultato di allettarli con quell'incertezza al secondo partito, e in seguito a ciò (solo dopo il fallo palesando la certezza del castigo) gravarli di pene cui essi non erano con sicurezza preavvertiti d'andare incontro. In tale comportamento è evidente che il gusto di poter punire prevarrebbe sul desiderio di veder operar bene.

Veramente, quando si pensa alle numerose e gigantesche costruzioni di pensiero che gli uomini hanno fatto intorno a un supposto Essere che intanto non ha mai fornito quella che è l'unica attestazione dell'Essere, cioè il dar percepibile contezza di sé, l'entrare nelle forme della "intuizione" (spazio e tempo), il manifestarsi, il mostrarsi, l'apparire, l'esclamazione che monta irresistibile alle labbra è:

basta ubbie; cessiamo di allucinarci o di ingannare! Questo preteso alcunché che non si vede e non si tocca, che non possiede le forme e le condizioni dell'esperienza possibile, non è; è un concetto (usiamo ancora espressioni di Kant) «la cui possibilità è del tutto priva di fondamento, perché non può venir basata sull'esperienza e sulle sue leggi conosciute, e perché, senza di questa, essa è un'arbitraria congiunzione di concetti, la quale, quand'anche non contenga alcuna contraddizione, non può pretendere alla realtà obiettiva, quindi alla possibilità dell'oggetto che si vuol qui pensare». Infatti «per ciò che concerne la realtà va da sé che è impossibile pensarla in concreto senza prendere in aiuto l'esperienza, perché essa può solo riferirsi alla sensazione come materia dell'esperienza e non concerne le forme del rapporto con le quali si può sempre abbandonarsi a costruzioni fantastiche».

***

Discussa così, in via preliminare, questa più generale questione della sperimentabilità di Dio, veniamo agli attributi divini. Dei quali il primo che per importanza si affaccia è quello della personalità.

Dio non può non essere, in grado eminentissimo, persona, e il parlare che molti e illustri filosofi fanno di Dio impersonale non è se non un esempio di quell'uso di parole senza concetti cui s'è precedentemente accennato. Ché è impossibile congiungere logicamente in concetti il pensiero di un Essere onnisciente e presciente, che regge e dirige il mondo, e l'assenza della personalità. Tale assenza ci pone in presenza non di un Dio, ma di "forza", natura, leggi naturali. Chiamare ciò Dio è tanto inammissibile come chiamare Dio l'istinto delle formiche, o le leggi di eredità, di sopravvivenza del più adatto, di selezione naturale e simili. Pure la personalità implica circoscrizione, negazione, limitazione: richiede che l'individuo sia lui e non altri, abbia e scorga altri fuori e di contro a sé, dai quali viene limitato e "negato". Dal momento che i confini della personalità fossero ampliati affinché essa potesse abbracciare anche questi altri, anzi tolti perché potesse abbracciare tutti gli altri, dal momento che questa persona diventasse anche le altre persone, l'io anche il nonio, la personalità stessa si annegherebbe e svanirebbe, Dio dunque non può essere personale. Meglio di ogni altro filosofo forse Fichte, e più vigorosamente nel seguente passo, ha stabilito questo punto: «Che cosa chiamate dunque voi personalità e coscienza? Certo ciò che avete imparato a conoscere in voi stessi e designato con questo nome. Pure, che senza una limitatezza e finitudine voi non possiate affatto pensare, ve lo può insegnare la più piccola attenzione alla vostra costruzione di questo concetto. Perciò voi fate di tale Essere, con l'attribuirgli quel predicato, un Essere finito, un Essere uguale a voi, e non avete già, come volevate, pensato Dio, ma solo moltiplicato voi stessi nel pensiero». – Così adunque, Dio dev'essere persona affinché esso in quanto Dio non scompaia semplicemente in "forza", legge o dinamismo naturali, e, nel medesimo tempo, essendo persona, poiché cade nella finitudine e nella limitazione, non è più Dio.

Del tutto affine al concetto di personalità è quello di mente. Dio non può non essere mente suprema, intelligenza, Nous. Pure può Dio possedere la mente?

Mente vuol dire moltiplicità di idee. Pensare vuol dire passare da un'idea a un'altra, far scaturire dalle une le altre che prima non c'erano, raggiungere risultati ulteriori, vedere i vecchi sotto nuova luce. Tutto questo è impossibile nella mente di Dio, la quale deve concepirsi completa e perfetta, e quindi immobile e fissa, senza possibilità di snodamento, percorso, serie, successione, sviluppo, tale da non avere alcuna idea da raggiungere, alcuna di nuova da far scaturire. Quindi la mente di Dio non può pensare, non può essere mente, poiché una mente la quale pensasse sempre immobilmente la stessa cosa, anche l'universo, sarebbe nonmente, poiché, insomma, come l'elementare osservazione interna ci assicura, pensiero non è se non catena d'idee in cui ogni anello si svolge successivamente dai precedenti, come discorso è catena di parole, e senza di ciò, senza questo svolgimento successivo, senza questo moto, il pensiero è estinto, la mente è chiusa in buia uniformità. Ancora. Tra pensiero e spazio c'è una stretta analogia. Il pensiero è, per così dire, lo spazio interno. L'uno e l'altro, cioè, sono il mezzo con cui l'unità assoluta, l'Uno eleatico, può dar fuori in più, in parti diverse e contrastanti, qui nelle singole cose, là nelle singole idee e pensieri. Come, adunque, lo spazio esterno è la negazione dell'unità esterna, così negazione dell'unità interna è la mente o il pensiero. Implica la molteplicità, il dirompersi dell'assoluto Uno interiore in un corso ogni momento del quale non è più esattamente il precedente, in un corso che si divide in tante diramazioni diverse. Ciò è impossibile per quella mente assolutamente ed eternamente una che dev'essere la mente di Dio. Ma (avvertiva già Hume nei Dialogues concerning natural Religion) «una mente i cui atti e sentimenti e idee non sono distinti e successivi; che è completamente singola e totalmente immutabile; è una mente che non ha pensiero, non ragione, non volontà, non sentimento, non amore, non odio; o, in una parola, non è affatto mente». La suprema unità, indispensabile alla mente divina, seppure questa dev'essere tale, se dev'essere mente di un Dio, le toglie dunque il carattere di mente. Non diceva già Plotino, nel libro ottavo della terza Enneade, (capp. VII, VIII e IX) che ciò che è in sé l'Uno – e tale è per lui la divinità in senso assoluto – non può nemmeno pensare se stesso, senza spezzarsi e cadere nella dualità, condizione del pensiero essendo un pensante e un pensato, un conoscente e un conosciuto? Dio, in tal guisa, per essere Dio, dev'essere provvisto di mente completa, perfetta, una; ma, poiché questa è nonmente, egli è in realtà senza mente e pensiero e come Dio s'annulla. Una nuova volta ci si fa palese che lo sforzo per formulare il vero concetto di Dio mette necessariamente capo al Nulla; che Dio e il Nulla sono sinonimi.

Poche parole basteranno a mostrare come l'idea di Dio si avvolga inestricabilmente in analoga contraddizione anche circa l'attributo della bontà. Attributo importantissimo perché a esso è dovuta la costruzione di Dio e la tenace credenza in essa. Dio, cioè, formazione non razionale, ma "volontaria", vale a dire formazione non degli elementi razionali della nostra natura (come da quasi ognuna di queste pagine è esaurientemente provato) ma degli elementi volitivi e affettivi di essa, dell'impulso dei nostri desideri e bisogni, non sarebbe stato immaginato e non sarebbe con fede così ardente e ferma creduto, se di lui non avessimo bisogno come appunto della Bontà da porre di fronte al male soverchiante nel mondo fenomenico e con la quale salvarci dal senso di disperazione che spesso da questo sale ad afferrarci. Se Dio non fosse somma e assoluta Bontà, il movente "volontario", che è quello che irresistibilmente ci spinge a formarci la credenza in lui e a tenerla ferma, non trovando più soddisfazione, cesserebbe di operare in tale direzione, la credenza in Dio non avrebbe più scopo e si estinguerebbe, Dio scomparirebbe. Pure, anzitutto, proprio quella bontà che ci occorre, la bontà che asciuga le lagrime, consola i dolori, ripara i mali, ci dà la felicità, proprio questa è la bontà che una concezione progredita di Dio è costretta a eliminare da lui, ché il concatenare l'idea di Dio, con la soddisfazione dei nostri bisogni di qualsiasi natura, da quello del "pane quotidiano" a quello di rivedere coloro che abbiamo amato quaggiù e abbiamo perduto, è un pensiero eminentemente infetto di egoismo, e quindi ripugnante a una religione profonda che richiede il totale rinnegamento dell'io, il completo "morire a se stessi". Dio «quale dispensatore del benessere sensibile» (diceva anche Fichte), la cui benevolenza siamo obbligati a procurarci con qualunque mezzo «deve cadere, perché non è Dio». Ma, per di più. La bontà non ha significato che rispetto a un male cui essa si trovi in presenza, da cui si distacchi, a cui si contrapponga. Se tutto fosse bontà, questa perderebbe tale sua qualifica. O essa dunque è un fatto che può aver luogo solo nella sfera fenomenica, una categoria non applicabile a Dio, solamente umana, e (come, con la consueta profondità, avvertiva il Leopardi) «la nostra opinione intorno a un Dio composto degli attributi che l'uomo giudica buoni è una vera continuazione dell'antico sistema che lo componeva degli attributi umani», è opinione «della stessa natura, andamento, origine di quella che attribuiva agli Dei figura e qualità e natura quasi del tutto umana». Ovvero, perché Dio sia buono, occorre che nel suo seno trovi posto anche tutto il male, non solo fisico, ma altresì morale del mondo, che egli sia anche questo male, cioè che egli sia anche cattivo. Cioè, come si è visto che Scoto Erigena diceva, Dio non si può identificare con la bontà perché fuori e contro di questa sta la cattiveria, ed egli è quindi «oltre la bontà». Ossia, per usare una formula del Bradley, o il peccato è l'ostilità d'un ribelle contro un padrone vendicativo, ovvero Dio odia il peccato nel cuore del peccatore e il peccato diventa così un elemento necessario all'autocoscienza divina. – Anche qui vediamo che il concetto di Dio ci costringe a dargli e negargli nel medesimo tempo il predicato della Bontà.

Azione, attività, e proprio niente altro che questa, "actus purus", tale non possiamo a meno di ritenere sia Dio. Eppure un momento di riflessione basta a persuaderci che mentre a Dio, perché sia Dio, dobbiamo attribuire l'attività, d'altra parte l'attribuirgliela è cosa del tutto inconciliabile col concetto di Dio.

L'elevamento progressivo del concetto di Dio condusse questo – come si vide – a essere l'ente per eccellenza non fenomenico, dunque fuori dello spazio e del tempo: l'Ente senza spazio e senza tempo. Si avverta qui, fra parentesi, che si può ancora pensare soppresso il tempo; si può pensare l'esistenza di alcunché di assolutamente immobile e morto dove non ci sia mutamento, dove (poiché tempo=mutamento) il tempo dunque non scorrerebbe, non ci sarebbe. Ma non si può assolutamente (a meno di non capovolgersi o sradicarsi il cervello) pensare soppresso lo spazio. Quando penso lo spazio che sparisce, si chiude, sono costretto collocare, a "intuire", questa scomparsa e chiusura dello spazio ancora nello spazio; il quale implica estensione materiale. E ci è difatti impossibile pensare l'esistenza di qualsiasi ente senza concepirlo, scorgerlo mentalmente, "intuirlo", esteso nello spazio. Ogni sforzo per non vedere interiormente una cosa che penso esistente come, sia pure impalpabilmente, estesa, è vano: lo spazio, ancor più del tempo, è una forma assolutamente ineliminabile del nostro modo di "intuire" l'essente. Dio per essere dovrebbe dunque essere spaziale, esteso, materiale, composto di parti, uomo – cioè nonDio.

Ma il tempo, almeno, si può forse – dicevamo – pensare in Dio soppresso. Senonché allora ci troviamo di fronte il seguente dilemma. O Dio è fuori del tempo, ed è cosa immobile e morta, che non fa e non vive, o è anch'egli nel tempo, e poiché tempo vuol dire cangiamento, abbiamo un Dio che cangia, che passa da uno a un altro stadio, che raggiunge uno stadio in cui prima non era, ché ciò soltanto vuol dire vivere nel tempo. O morto o cangiante; in entrambi i casi nonDio.

Quindi, per applicare più chiaramente queste considerazioni all'attributo dell'attività: o un Dio che fa, e non è perfetto, non ha creato un perfetto (e la stessa creazione, del resto, è un fare alcunché che ci doveva essere e non c'era, un attestato dunque di imperfezione preesistente), e che deve lavorare come un uomo; o Dio è perfetto e quindi immobile, e non agisce, non pensa, non è più nulla. Tali gli Dei d'Epicuro:

Quidvi novi potuit tanto posi ante quietos

inlicere ut cuperent vitam mutare priorem?

Insommergibile argomentazione, la quale poiché mette gli Dei interamente fuori d'ogni rapporto con noi, e toglie loro ciò che è manifestazione e carattere d'Essere, ossia appunto l'attività, costituisce la teologia negativa d'Epicuro, sostanzialmente identica a quella di Agostino e Scoto Erigena, perché anch'essa riduce Dio a un semplice Non.

O un Dio che ha da fare, e ha fatto male, non è onnipotente, non è il Tutto, non è più Dio; o un Dio che per essere tale non ha nulla da fare perché tutto è fatto, ed è la stasi del nulla e della morte, e, ancora, nonDio.

E da tutte le considerazioni fatte sin qui risulta che Dio, il quale non può non essere Vita eterna, Vita suprema, pure non può possedere nemmeno la vita, poiché la vita è azione, tempo, cangiamento, pensiero; poiché anche la vita è passaggio da stadio in stadio, svolgimento dall'un anello a un altro nuovo di una catena di eventi, e, tolto ciò, supposto lo svolgimento concentrato, cristallizzato, fermato in un punto e questo sempre identico a sé, non c'è più vita, ma morte. Dio, per essere Dio, dev'essere Vita per eccellenza, eppure, ancora, per essere Dio, dev'essere la cosa più morta, la cosa più cosa.

***

Queste considerazioni ci permettono non solo di assodare, ma di completare le conclusioni dianzi raggiunte.

Dio è il nonEssere si era dianzi concluso; non è. Egli deve essere privo, per essere Dio, di tutti i caratteri antropomorfici, e tanto più naturali in genere, fenomenici; e già Kant osservava che non c'è una sola facoltà attribuita dai teologi a Dio, «sia dell'intelletto sia della volontà in cui non si possa inconfutabilmente mostrare, che, se se ne separa ogni elemento antropomorfico, non ci rimane che la vuota parola senza che con questa sia possibile congiungere alcun concetto». Dio è il Non di tutto quello che siamo, vediamo, tocchiamo, percepiamo, esperimentiamo; il Non di tutto quello che è. E questo è il nulla; con ciò navighiamo a vele spiegate nel mare del nulla.

Ma possiamo ora completare questa conclusione. Nel foggiare l'Ente supremo il pensiero dell'uomo è stato costretto a cumularvi tutte le contraddizioni. Prova, sia detto tra parentesi, che il cervello umano s'impiglia nelle contraddizioni, come un ragno che si imbrogliasse nella sua tela, nell'atto in cui s'arrischia ad abbandonare il campo dei fenomeni, per sforzarsi di creare, in libertà da essi, quanto sa di meglio. Dio è diventato così, come l'indagine poc'anzi condotta ci ha dimostrato, veramente la contrariorum contrarietas di Scoto Erigena, la contraddizione delle contraddizioni.

Dio non è, si era precedentemente concluso. Cioè esso è un semplice concetto vuoto, senza nulla che vi corrisponda. Ora si può e si deve aggiungere che anche come vuoto concetto è impossibile, perché contraddittorio. Tale contraddittorietà giova tornar a riassumere in nuce. O Dio è finito, materiale, buono, ed è anche cattivo, limitato, persona ecc., ed è fuori della divinità, non è più Dio. O è infinito, immateriale, senza tempo e senza spazio, impersonale ecc. cioè è Dio, ed è fuori dall'Essere, non è. Dio, insomma, è non solo il nonEssere, ma l'assurdo. E appunto perché tale, nessuna forza può riuscire durabilmente a imporlo; ché (è consigliabile ripeterlo) la forza può servire solo a imporre una di

30

diverse opinioni e soluzioni, che stanno tutte entro la sfera della ragione (e a ciò, se è saggia, la forza si limita); ma non può riuscire a imporre (come cerca di fare quando diventa cieca e pazza) un'opinione o soluzione che dalla sfera della ragione sta totalmente fuori.

Ciò viene a dire: non solo Dio in linea di fatto non è, ma appunto perché il suo concetto è contraddittorio, è, altresì, in linea per così dire, di diritto di logica, impossibile e assurdo soltanto pensare o supporre che sia. In altre parole, ancora una volta, per pensare che Dio sia – vale a dire per pensare che esista ciò il cui concetto contraddice se stesso – bisogna essere pazzi.

È una debolezza e un'incoerenza quella per cui Kant dice che, quantunque la sua dottrina provi che Dio è indimostrabile, però essa prova anche che non si può dimostrarne l'inesistenza. È una vera debolezza e incoerenza aver ammesso che Dio si possa pensare, che si possa avere un pensiero di Dio (pensiero, significa costruzione coerente e non coacervo di assurdi, aegri somnia). In realtà Kant stesso sapeva benissimo e aveva esplicitamente chiarito, che possibile è soltanto ciò il cui concetto, per quanto vuoto e non controllato e confermato dalla percezione, però sia almeno non contraddittorio. Poiché invece il concetto di Dio è eminentemente contraddittorio, è la sentina di tutte le contraddizioni, l'unica conclusione legittima (e quella altresì, cui avrebbe dovuto approdare Kant, perché unica compatibile con la sua dottrina) è che Dio non è e che è impossibile e assurdo pensare che sia.

Veramente, come con efficace scorcio lirico ci rappresenta Nietzsche, Dio è morto per le sue contraddizioni.

Il pensiero umano finisce così, anche suo malgrado, sospintovi a forza dalla logica e dall'intimo dinamismo del suo stesso processo critico, a dover riconoscere che Dio non è. Ma accanto alla logica è sempre all'opera la "volontà", gli elementi volitivi, affettivi, sentimentali della nostra natura, gli impulsi scaturenti dai nostri bisogni, dalla nostra aspirazione alla felicità, alla giustizia non violata dalla prepotenza o dal caso, all'amore non infranto dalla morte: tutti quegli elementi che, lato sensu, si possono chiamare (poiché tutti hanno riguardo a ciò di cui noi abbiamo supremamente bisogno) egoistici o utilitari.

Non potendo questi elementi "volitivi" rassegnarsi alla sentenza della logica, che Dio non è, eccoli mettersi instancabilmente all'opera per creare, in luogo del Dio che il pensiero ha eliminato, dei surrogati di Dio, delle maschere di Dio, dei falsi Dio, pur di poter conservare se non altro la parola Dio e con essa almeno un vago e lontano, confuso e nebbioso sentore o piuttosto un'ingannevole apparenza, di soddisfazione di quei nostri bisogni supremi.

Gli "dei falsi e bugiardi" non sono quelli dei pagani. Quelli anzi costituivano un tentativo per creare un Dio il più possibile vero, cioè conforme alle condizioni dell'esperienza possibile, stante in connessione e in continuazione col mondo dell'esperienza visibile e tangibile. I falsi Dio, essenzialmente e tipicamente falsi, sono quelli che, resa mentitrice per lo stimolo degli "interessi", ha escogitato la filosofia, dopo che pure aveva dovuto arrendersi alla conclusione che Dio non è.

Questi falsi Dio sono molti e assumono varie forme. Si possono però forse raccogliere sotto due categorie.

***

Una è quella del cosiddetto Dio impersonale, del Dio del panteismo, si tratti della natura naturans di Spinoza, dell'impulso o ordine morale di Fichte, dell'Idea o intelligenza incosciente che con differenti sfumature predicano Schelling, Hegel, Hartmann.

Il rimprovero che noi saremmo ora portati a fare a Spinoza è precisamente l'opposto di quello che gli muovevano le generazioni precedenti. Per esse il torto di lui era l'orrendo ateismo della sua dottrina. Da questo, invece, noi non siamo affatto scandalizzati, lo riconosciamo come vero, costituisce per noi il grande pregio e l'eroismo di Spinoza. Il suo torto sta invece per noi nel suo deismo verbale: nell'aver chiamato Dio il suo gran tutto mostruoso e cieco che procede senza occhi in fronte, macigno immane e insensibile che nel suo inesorabile cammino ci stritola senza curarci, anzi senza nemmeno vederci; che non possiede né intelletto né volere, né bontà né malvagità, né bellezza né bruttezza, né perfezione né imperfezione, che queste sono solo valutazioni soggettive nostre, valutazioni che diamo noi in riguardo a noi e ai nostri bisogni, «notiones quas fingere solemus», non caratteri che posseggano obiettività.

Chiamare infatti Dio il mondo, l'universo, ossia le cose stesse, è una tautologia insignificante perché nulla si guadagna cambiando l'espressione verbale con cui si designa il mondo, né ciò serve affatto ai due fini principali cui deve servire il concetto di Dio: cioè a dare la spiegazione del mondo e a offrirne la giustificazione morale. Né giova che il nome di Dio sia riservato all'elemento "forza" (alla natura come naturans, alla "evoluzione creatrice") dell'universo. Ciò è come si disse, un soffocare e far sparire Dio (le qualità veramente divine di lui, quelle per cui soltanto lo si estolle a Dio, il Pensiero, la Sapienza, la Volontà) in "energie" naturali, che, sia sotto il nome di natura naturans, sia sotto quello di "evoluzione creatrice", agiscono senza piano predeterminato e finalità, cioè per eccellenza ateisticamente. E quando anche si voglia passar sopra alla vana pretesa metafisica di far capo a "forze" sotto i fenomeni, il chiamar queste Dio è tanto poco serio quanto sarebbe (per usare l'esempio con cui quella pretesa venne satireggiata) designare come "genietto" la virtus con cui si spiega il perché l'oppio faccia dormire.

La cosa non cambia se invece di chiamar Dio la natura in quanto "forze", la si chiama Dio in quanto insieme di elementi categoriali ed "esteriorizzazione" di essi, come nell'hegelianismo. Se già in Kant gli elementi categoriali (in lui però forse non ancora nettamente svincolati dalla coscienza) erano i costruttori del mondo, ma, in quanto concepiti come ancora appartenenti a una coscienza, del mondo per la coscienza, solo del mondo conoscibile (fenomenico), solo del mondo per noi; nell'hegelianismo, quegli elementi categarioli, svincolati del tutto dalla coscienza, posti fuori di questa, a sé, nel centro del reale, nel seno della natura, continuano a essere, mediante il loro dimanismo triadico, i generatori del mondo, ma ora, esplicitamente, del mondo tout court, dell'unico mondo dietro il quale non c'è più alcun mondo in sé altro da quello che alla conoscenza risulta. Sono i generatori della natura; ma poiché non esistono prima e fuori di questa e solo in questa hanno la loro prima esistenza, così la natura stessa è in fondo il cosiddetto "spirito assoluto" (che diventa esplicito nelle più alte formazioni di essa, negli animali e nell'uomo), la natura stessa, cioè, è l'insieme degli elementi categoriali creatori. Dio, in questa concezione, diventa semplicemente l'insieme delle strutture logiche della natura, l'insieme delle condizioni logiche del suo esistere, o, come si può in altra guisa esprimere la cosa, il suo carattere di conoscibilità (concettualità). Non occorre insistere nel dimostrare come chiamare Dio, insomma lo spazio e il tempo, la quantità e la qualità, la grandezza e il peso, la misura e la causa, cioè l'insieme delle leggi naturali, la natura come l'insieme di leggi, non costituisce se non un inganno verbale. Anche qui, in sostanza si dice: è il mondo che è Dio. E ciò significa: solo il mondo esiste. Questa è appunto la posizione di pensiero atea, dalla quale non si esce davvero se non affermando e il mondo e Dio, accanto al mondo Dio. Ma dicendo il mondo è Dio, ossia solo il mondo esiste, si dice invece: c'è il mondo e non Dio.

A una consimile critica soggiace il preteso Dio di Fichte (della prima fase) consistente nell'ordine morale che l'uomo progressivamente e senza fine va effettuando nella selva selvaggia della natura. Spogliata del paludamento speculativo questa dottrina viene a chiamar Dio ciò che in parola povera si chiama il progresso, o, tutt'al più, l'impulso umano al progresso, il nostro bisogno di miglioramento. Nessuno dei caratteri di Dio c'è in questo preteso Dio. Ma di tale dottrina si discuterà tra un momento esaminandone la sua recente rinnovazione. Qui rileviamo che l'inammissibilità del Dio impersonale o panteistico o inconscio si rende tangibile appunto in colui che ha fatto lo sforzo più risoluto e coerente per dimostrarlo, in E. v. Hartmann.

Lo Hartmann conclude veramente, su questo punto, il corso della speculazione tedesca. Un elemento di inconscio v'era in Fichte, nel suo io, che, ancora precosciente, genera in sé le sensazioni, ossia il mondo o natura, solo dopo ciò, naturalmente, avendo qualcosa da conoscere, cioè diventando effettivamente cosciente. Un elemento d'inconscio v'era nello Schelling, nella sua filosofia della natura, elevata a grado pari, anzi superiore, della filosofia trascendentale, in cui vediamo la natura prodursi mediante un'"intuizione" incosciente dello spirito, in guisa che questo ha esistenza solo in essa, o meglio è solo la materia, e la coscienza è il prodotto ultimo di quello spirito incosciente che è natura; e anche nella sua filosofia della storia in cui vediamo l'eterno Inconscio essere il vero agente in tutte le azioni degli uomini e quello che le guida a un fine armonico. Un elemento d'inconscio v'era in Hegel, perché la sua idea, struttura logica generatrice a intus del mondo, non è in ciò accompagnata da coscienza e riflessione e solo le acquista nello stadio della vita. Inconscio v'era, com'è chiaro, nella Volontà cieca di Schopenhauer. E. v. Hartmann raccoglie e congloba tutti questi elementi e ne fa il suo Dio inconscio: inconscio, ma intelligente, perché a esso inerisce pure il carattere razionale dell'Idea hegeliana. Ora basta leggere le belle pagine dell'attraente romanzo hartmanniano per vedersi dinanzi a ogni momento l'Inconscio balenare in una doppia ambigua luce, nella quale, visto da un lato appare davvero per un momento Dio, ma visto dall'altro risulta per quello che è, cioè l'insieme delle forze naturali (e soprattutto degli istinti), le quali, se ci sono, e operano in questo sistema cosmico, devono naturalmente essere forze che collimano con la permanenza e lo sviluppo di esso, onde la possibilità, la fantasia metafisica aiutando, di dare al complesso di esse un certo aspetto illusorio di Dio. L'inconscio di Hartmann è veramente l'ultimo sforzo per coprire con una maschera divina le "forze naturali": – ovvero (come giustamente osserva lo Strauss), in quanto si attribuiscono a un Inconscio effettuazioni e procedimenti che possono spettare solo a una coscienza, non è che un nome diverso dato all'antico Dio personale.

Non si supera, insomma l'obiezione di Schopenhauer. Il deismo «esige non solo una causa del mondo diversa da questo, ma una causa intelligente, cioè conoscente e volente, quindi personale e quindi altresì individuale: questa, e sola questa, è ciò che la parola Dio designa. Un Dio impersonale non è affatto Dio, ma semplicemente una parola mal adoperata, un nonconcetto, una contradictio in adjecto, uno scibolet per i professori di filosofia, i quali dopo che han dovuto lasciar cadere la cosa, s'affaticano a cavarsi dalle pèste con la parola».

***

Il secondo tipo principale dei falsi Dio, è quello venuto di recente assai di moda anche presso di noi in mezzo e per mezzo di coloro che professano, per usare, ancora, espressioni di Schopenhauer, la «ErwerbsPhilosophie», a coloro che «nach der Pfeife der Minister tanzen». Si tratta di un Dio che va distinto da quello panteistico e impersonale, perché ha la pretesa di conservare la personalità. Ed è, come si accennò, lo stesso Dio di Fichte riverniciato a nuovo.

L'antitesi stata sempre fondamentale nel pensiero filosofico è quella tra Essere (assoluto) e Divenire. L'Essere considerato nel suo vero, proprio, preciso in sé, nella sua natura essenziale, esclude il trapasso, il cangiamento, il processo, lo sviluppo: il divenire. Essere è qualcosa che, finché è, è, sta, rimane identico a sé. Quando c'è trapasso, mutamento, abbandono di uno stato per un altro, divenire, in quanto e nel punto in cui c'è ciò, non c'è Essere. L'Essere del Divenire, la presenza di questo, esclude dunque l'Assoluto Essere, e se tutto è soltanto Divenire è uopo concludere che l'Assoluto Essere non c'è.

Tale l'antitesi sempre presente nel pensiero filosofico. Ora la dottrina di cui discorriamo, avendo riconosciuto che non c'è che Divenire, ma volendo sottrarsi alla inevitabile conclusione che quindi l'Assoluto Essere non c'è, è ricorsa alla trovata da giocoliere di chiamare Assoluto Essere appunto la negazione di esso, ossia il Divenire.

Ciò già in Hegel. Sotto l'aspetto religioso e nella sua più recente riproduzione, siffatta dottrina si presenta come segue.

L'Assoluto Essere è la stessa cosa che Dio. Dio dunque sarà il nome dato al Divenire. Ma poiché (come già Fichte aveva stabilito) non c'è che l'io o lo spirito, e questo non è un alcunché, ma puro atto, assolutamente puro volere, nient'altro che un volere se stesso, che, nell'essere continuamente e veramente volere attua o realizza sé medesimo, la sua libertà, e, insieme, d'un sol tratto, il bene morale – poiché, insomma, lo spirito non è sostanza, non una cosa che divenga, ma unicamente un eterno divenire spirituale – così Dio sarà lo stesso eterno divenire o processo dello spirito nell'umanità.

Balza tosto agli occhi l'arbitrio che v'è nel chiamar Dio lo stesso spirito umano nel suo processo, già da ciò che immediatamente si scorge come da questa concezione esulino tutti i caratteri della divinità. Non è certo a siffatto "processo spirituale" che noi potremmo morendo rivolgerci e dire: "nelle tue mani affido l'anima mia, o Signore", come possiamo dire a chi riveste veramente i caratteri di Dio. E, inoltre, ovvio che Dio o l'Assoluto Essere è il contrario del Divenire, non può divenire. È sommamente ripugnante pensare che Dio si faccia qualcosa che non è già, acquisti qualità che già non possiede, esista solo nello sviluppo, cioè nel progressivo conseguimento di tali qualità e non le abbia già ab aeterno in tutta la loro completezza. Secondo la precisa espressione di sant'Agostino («Homo enim sapiens esse debet, si est ut maneat, si nondum est, ut fiat, deus autem sapiens non esse debet, sed est»), Dio non già dev'essere, ma è. Però alcune più attente considerazioni dimostreranno meglio l'inanità di tale dottrina o piuttosto di tale nomenclatura.

Il processo dello spirito a cui si pretende dare il nome di Dio o ha una meta o non l'ha. E la prima ipotesi si suddivide in due secondarie.

O la meta risulta da un piano o disegno, che assicura in modo non dubbio lo svolgimento e la direzione del cammino e il raggiungimento della meta stessa. Allora il piano o disegno è precostituito, preordinato al processo. Ma allora, anche, esso suppone una mente in cui si contenga. Questa mente, allora, e non il processo, è Dio. E tale Dio, esistente come coscienza e persona all'inizio del processo, ricasca nelle contraddizioni precedentemente esposte e da cui la teoria che esaminiamo pretende liberarsi appunto riducendo Dio al processo. Ossia è il Dio che non è. Né si capisce d'altra parte perché tale Dio abbia avuto bisogno di manifestarsi anche come processo, perché cioè valori eterni, nella loro completezza e perfezione a lui già presenti nel piano o disegno, dovessero venir diluiti nel tempo, e temporalmente, ossia mediante il processo, tornati a raggiungere. Che se poi si negasse che il piano o disegno implichi una mente che lo contenga, tale difesa non gioverebbe, poiché, a ogni modo, il piano o disegno precostituito sarebbe, esso, Dio, e andrebbe ugualmente incontro a tutte le obiezioni e le contraddizioni che hanno ucciso Dio.

O il processo non è dominato da alcun piano e disegno, e la meta si raggiunge da sé, spontaneamente, o, come non si può non esprimersi, a caso. E, anzitutto, come si può chiamar Dio un processo che potrebbe anche essere regresso, la cui meta è casuale, cioè potrebbe essere una situazione infernale, di barbarie, di scelleragine? Poiché processo non è affatto, come questa teoria implica, sinonimo di progresso. Ché se si risponde: ciò è impossibile, è impensabile, va escluso a priori, la meta sarà, indubbiamente, l'effettuazione e il raggiungimento del bene, si ricade nel primo caso, in quello cioè del piano precostituito e necessariamente avverantesi. Ma, poi, se c'è una meta e se la meta è una situazione di bene, la meta stessa distrugge tutto il valore del processo. È la meta che ha valore, non il processo, precisamente come se si va da una a un'altra città per un affare, è l'arrivo o il disbrigo dell'affare che ha valore, non il viaggio. Sicché chiamar Dio proprio il viaggio fatto per giungere è una manifesta insensatezza.

Eppure, a tale insensatezza la dottrina in discussione è ineluttabilmente vincolata. E con ciò passiamo alla seconda ipotesi, quella dell'inesistenza della meta, del processo eterno senza meta di sorta.

La teoria in esame deve far propria tale seconda ipotesi ed effettivamente la fa. Poiché una volta che essa ha detto che l'Essere è lo stesso Divenire, in una meta, che non potrebbe non essere raggiungimento, fermata, stasi, cessazione del divenire, essa non può vedere che il nonEssere, la morte. Quindi il processo dev'essere eterno, e nessuna meta esso può avere.

Qui si presentano due obiezioni.

Anzitutto perché il processo dev'essere eterno? Chi dice ai sostenitori della dottrina in questione che un fatto qualsiasi, accidentale e bruto, l'urto d'una cometa, un cataclisma tellurico o simili, non ponga fine domani – o l'"immane ghiaccia" che estinguerà ogni vita non ponga fine poco di poi – a quel processo dello spirito che secondo essi dovrebbe essere nientemeno che Dio? Chi li assicura? E se essi sono sicuri, se sanno con certezza che ciò non può essere, che il processo dev'essere e sarà veramente eterno, allora c'è un disegno o piano precostituito e necessariamente attuantesi, quello cioè dell'eternità garantita del processo, e in ciò una ricaduta nel caso precedentemente esaminato e nelle contraddizioni in cui s'avvolge. Il piano che il processo duri, la garanzia che durerà, questo è un fatto che non può che stare nella mente d'un Dio, o essere esso stesso un Dio: quel Dio che non è. – Che se poi non è sicuro che il processo duri, se esso può durare e non durare, che dire della denominazione di Dio data a un processo di spirito che non ha in sé nemmeno la sicurezza della sua vita eterna, e che un brusco moto di materia potrebbe domani annientare?

Ma, in secondo luogo, dato che il processo sia eterno e senza meta, esso è l'assurdo. Un processo che non mette capo a nulla, il cui svolgimento non ha alcun fine, che procede per procedere e non per arrivare, ha altrettanto valore quanto l'opera delle Danaidi, di Sisifo, di Tantalo: tormenti infernali. La teoria in discussione dà così il nome di Dio precisamente all'assurdo.

Si tratta dunque sempre, come nel caso del Dio del panteismo, d'una bestemmiatrice maschera di Dio posta all'ateismo. A quella guisa che il panteismo, secondo vedemmo, anziché dire come le religioni: esiste e il mondo e Dio, dice: è il mondo che è Dio, cioè: esiste il mondo e non Dio; così qui anziché dire con le religioni: esiste e l'uomo e Dio, si dice: è l'uomo (lo spirito umano nel suo sviluppo) che è Dio. Ma ciò vuol dire, del pari, nient'altro che: esiste l'uomo e non Dio.

***

Veramente tutti questi Dio bugiardi vanno respinti con le parole delle religioni: "Io sono il Signore Iddio tuo; tu non avrai altro Dio fuori di me". "Non c'è altro Dio che Dio." Malauguratamente quest'unico Dio, quest'unico che si può chiamar Dio, quest'unico a cui invano i falsi Dio cercano di usurpare per appropriarselo il nome di Dio, quest'unico Dio è... quello che non è.

Come la negazione dell'ateismo è una fuoruscita dalla sfera della ragione, così è una fuoruscita dalla sfera del buon gusto estetico. La credenza in Dio è un peccato contro l'elevato senso del bello. L'ateismo soltanto invece lo soddisfa in tutta pienezza. L'estetica della credenza è tipicamente oleografica; è simboleggiata dalla figura oleografica di Cristo, che, col viso ravviato e mansueto e col petto, spaccato, addita il suo cuore raggiante. Nulla ha più nociuto alle arti figurative che l'essere state artificialmente (cioè perché la più larga e lauta fonte di commissioni era chiesastica) dominate per lunghi secoli da un motivo non più sentito, stucchevolmente ripetuto, essenzialmente ristretto, come il motivo religioso (la scarsa capacità estetica del quale è dimostrata anche in letteratura dalla povertà degli "inni sacri"). Ristretto, dico, perché tutto è ristretto nell'estetica deistica, dove Dio diventa esplicitamente limitato come un uomo e l'universo diventa un campo o una sala che lo sguardo d'un Essere di forma e natura umana, d'un uomo in grande, può interamente percorrere, controllare e dominare. La stessa parola "padre" designa e fa sorgere in mente un rapporto circoscritto, modesto, casalingo, comune, del tutto incompatibile e stridente con una grandiosa intuizione estetica dell'universo.

Solo quando Dio è scomparso, i flammantia moenia mundi si spalancano, l'universo non è più il salotto di Dio, ma erompe in un turbine di mondi totalmente disparati che nessuna coscienza, neppure divina, si può concepire atta a pensare, a raccogliere nel suo pensiero a unità; disparità di mondi a cui nessuna coscienza è adeguata, a cui dunque una coscienza totale una (un Dio), che l'afferri e la coordini in sé, non sta sopra, entro o di fronte; solo allora, in questo, non più misurato e obbediente gregge di mondi che si muove al cenno della verga del suo pastore, ma stormo immane di sistemi cosmici sferrati a perdita di vista in libera corsa multiforme che l'angusto steccato del disegno divino o della finalità più non impedisce o rinchiude, una visuale estetica di grandiosità insuperabile, terrificante e veramente sublime ci si leva dinanzi agli occhi. Accenniamola con le parole di Lucrezio, di Leopardi, di Haeckel

Nam certe neque consilio primordia rerum

ordine se suo quaeque sagaci mente locarunt

nec quos quaeque darent motus pepigere profecto,

sed quia multa multis modis mutata per omne

ex infinito vexantur percita plagis,

omne genus motus et coetus experiundo

tandem deveniunt in talis disposituras

qualibus haec rerum consistit summa creata.

("Questa forza della natura, movendola e agitandola di continuo, forma di essa materia innumerabili creature, cioè la modifica in variatissime guise. Ma imperciocché la detta forza non resta mai di operare e di modificar la materia, però quelle creature che essa continuamente forma, essa altresì distrugge formando della materia loro nuove creature. Infiniti mondi nello spazio infinito dell'eternità, essendo durati più o men tempo finalmente sono venuti meno, perdutisi per li continui rivolgimenti della natura, cagionati dalla predetta forza, quei generi e quelle specie onde essi mondi si componevano, e mancate quelle relazioni e quegli ordini che li governavano. Né perciò la materia è venuta meno in qual si sia particella, ma solo sono mancati que' suoi tali modi di essere, succedendo immantinente a ciascuno di loro un altro modo, cioè un altro mondo, di mano in mano. Venuti meno li pianeti, la terra il sole e le stelle, ma non la materia loro, si formeranno di questa nuove creature, distinte in nuovi generi e nuove specie, e nasceranno per le forze eterne della materia nuovi ordini delle cose e un nuovo mondo.")

«Mediante la dispersione del calore nel freddo spazio celeste la temperatura a poco a poco si abbassa, così che tutta l'acqua si condensa in ghiaccio; con ciò cessa la possibilità della vita organica. Nello stesso tempo la massa dei corpi roteanti si restringe sempre più; la velocità della loro corsa circolare lentamente si altera. La traiettoria dei pianeti diviene sempre più stretta, come quella delle lune che li attorniano. Infine precipitano le lune nei pianeti e questi nei soli, dai quali sono stati generati. Per opera di questo urto si producono nuovamente enormi quantità di calore. La massa polverizzata dei globi celesti che la collisione ha frantumato, si distribuisce liberamente nell'infinito spazio, e l'eterno giuoco della formazione dei soli ricomincia un'altra volta.»

Di fronte alla maestosità austera, semplice, esteticamente purissima di questi quadri ateistici, nulla ha la religione da opporre che non sia cincischiato, barocco, artificiale, convenzionale, meschino, in cui non si scorga la ricerca dell'effetto mediante l'accarezzamento di languide e comuni sentimentalità. Veramente, dal punto di vista estetico la visuale deistica sta a questa atea come Metastasio a Shakespeare.

***

Qualsiasi sforzo d'argomentazione teologica per cercar di conciliare Dio e la responsabilità morale umana, s'infrange contro queste lucide righe di Schopenhauer: «Che un Essere sia l'opera d'un altro, ma sia insieme libero nella sua volontà e azione, è cosa che si può enunciare con parole, ma non afferrare con pensieri. Colui cioè che lo ha chiamato dal nulla all'Essere, ha con ciò formato e fissato appunto anche il suo Essere, ossia tutte le sue qualità. Poiché non si può punto fare senza fare qualcosa, cioè un Essere intieramente e in tutte le sue qualità con precisione determinato. Ma da queste qualità assolutamente fissate scaturiscono poi con necessità tutte le manifestazioni e azioni di lui. Quindi teismo e responsabilità morale dell'uomo sono incongiungibili».

A queste parole di Schopenhauer poniamo accanto la constatazione che fa un grande storico dell'antichità, E. Meyer. Il popolo dell'antica Grecia (egli dice) è interamente inteso alla vita di qua. Adempie i suoi doveri verso i morti, reca offerte alla tombe, «ma tutto questo non si è mai concretato in una fede viva nell'immortalità». I Greci, insomma, non credevano sul serio alla vita futura. Ma proprio in ragione di tale loro non credenza «tanto più potenti sono le esigenze che la vita, la comunità umana, lo Stato impongono qui sulla terra a ogni singolo».

Non solo, cioè, se in realtà esiste Dio la responsabilità morale umana è impossibile, ma altresì, la sola credenza in Dio, indipendentemente dalla sua effettiva esistenza, opera nel senso di paralizzare l'attività morale, e la non credenza invece nel senso di attivarla.

Il pensiero dei castighi e dei premi ultraterreni non ha affatto per l'enorme massa degli uomini (e tranne il caso, affatto speciale, d'una potente autosuggestione) alcuna efficacia morale. Perché eventi lontani, incerti, che si asseriscono aver luogo fuori del mondo visibile, la constatazione della cui presenza non ci venne mai attestata, un'efficacia sulla condotta umana non possono mai seriamente esercitare. Se già il semplice fatto della perdita futura della salute, sebbene replicatamente in altri constatato, non riesce a trattenere l'uomo dal vizio, perché in ragione della sua lontananza non costituisce una "rappresentazione" che controbilanci nella coscienza il peso e l'attività delle "rappresentazioni" sensibili immediate e attuali, e perché in ragione della sua non assoluta sicurezza permette sempre all'individuo di sperare che egli costituirà una eccezione o almeno che questo singolo atto di soddisfazione del vizio non avrà alcuna influenza dannosa di qualche rilievo: – tanto più riesce per motivi analoghi psicologicamente del tutto inefficace il pensiero dei castighi d'oltre tomba. Viceversa la credenza in Dio agisce nel senso di smussare nell'individuo ogni alta energia morale. E a dimostrarlo (completando così l'argomentazione surriportata di Schopenhauer) basterà l'osservazione seguente.

La condotta dell'uomo appare rivestita di sostanziale importanza solo se esso sia e si ritenga il più alto Essere dell'universo, quello che costituisce il grado più elevato dello sviluppo dell'universo medesimo. Solo in questo caso l'uomo può sentire che una grave responsabilità morale gli incombe: solo in questo caso egli può pensare che la sua condotta è di importanza decisiva, perché essa è in un certo senso la condotta dell'universo, la condotta dell'espressione più alta della vita universale.

L'uomo insomma, in questo caso, è la guida del mondo e sente di essere tale. Per essere morale ha perciò un motivo di gran peso: quello che egli, essendo morale, effettua la moralità dell'universo.

Ma se al di sopra dell'uomo vi è un Essere a lui superiore; se sopra di lui v'è un Dio, di lui più alto a distanza infinita; allora la condotta dell'uomo resta nel piano generale del cosmo così priva di importanza come, data l'esistenza dell'uomo, è priva d'ogni importanza morale la condotta delle api e delle formiche.

Nel piano generale del cosmo, cioè, la moralità o l'immoralità dell'uomo diviene cosa insignificante. Il gradino più alto nel piano dell'universo è Dio, e a lui, non all'uomo, incombe di far sì che esso, nella estrinsecazione che, sola, ha decisivo significato, in quella più alta, cioè in quella divina, realizzi il valore morale. Per la realizzazione di questo nel Tutto, l'uomo conta allora, come ora, rispetto a noi, le formiche.

Non solo, ma esiste Dio? Ebbene allora, a lui spetta la direzione e la guida. Guidi egli il suo creato. Sul cammino di questo io (l'uomo) non ho allora né possibilità né autorità per influire. Se esiste Dio, insomma, è lui che ha la mano al volante del mondo, e io (checché faccia o mi illuda di fare) non posso in realtà che lasciarmi trasportare. Solo se Dio non esiste, sono io (l'uomo) che ho le mani al volante e che debbo, sotto la mia responsabilità e con l'impiego di tutta la mia attenzione e risolutezza, badare alla via, scansare i pericoli, far procedere nella sua corsa il veicolo incolume.

E come, in tal guisa, l'amoralità, o almeno la flaccidezza morale, nasce dalla religione, così la religione dall'immoralità. Colui che si sente afferrato da un vizio e sente di non possedere in sé l'energia per superarlo, ha bisogno di fingersi una forza ultraterrena a cui ricorrere per aiuto. Per tale via, evidentemente, sorge le religione di Verlaine.

Né a tale incapacità di efficacia morale si sottraggono i falsi Dio, che abbiamo precedentemente criticati e in particolare lo spiritoprocesso. È notevole che (come spesso avviene) i sacerdoti di questo falso Dio, nell'atto che disprezzano come meschine e impotenti altre modeste ma solidamente fondate dottrine morali (come per esempio l'utilitarismo) e pretendono contro di esse affacciare una dottrina etica d'una sublimità e forza speculativa insorpassabile, precipitano in realtà, dalla loro orgogliosa sicurezza di toccare il cielo, nel profondo dell'inferno, cioè nell'assoluta impossibilità di fondare la morale, anzi nella distruzione della morale. Poiché se tutto è soltanto spirito o io e questo è in sé uno e non già soggetto all'empirica moltiplicità e separazione dei vari individui, allora è chiaro che, data tale unità dell'io, è indifferente che la moralità abbia luogo in me o in altri, e io posso essere senza scrupoli immorale perché son certo che tale immoralità sarà "superata" e cancellata dallo stesso io uno che l'ha operata in me, che opererà in altri l'azione morale atta a effettuarne la purgazione, e che io posso tranquillamente lasciare susciti in altri siffatta attività morale necessaria a "superare" la mia immoralità. Anzi a chiamar in luce quella attività etica dello spirito in generale, la stessa immoralità operatasi qui (in e da me) fu necessaria. Essa fu quindi feconda e proficua. Essa occorre perché lo spirito sia, anche in morale, processo, eterno superamento d'un male; per fornire allo spirito la molla del processo. Perché non posso io scegliere (o accettare senza scrupoli) di eseguire il ruolo dell'immoralità se questo è pur necessario al prodursi del processo dell'insieme, se quindi occorre qualcuno che lo effettui; se d'altra parte anch'esso è opera dell'io uno e se io d'altronde sono quello stesso spirito uno che in altri (cui lascio volentieri questo opposto ruolo) ripaga e sorpassa il male che io faccio?

O, come si potrebbe esprimere in modo analogo la cosa: data l'unità dello spirito, che differenza c'è che il sacrificio e il dolore avvenga qui o là e il godimento là o qui? Chi gode e chi soffre è sempre lo stesso spirito uno. Dolori e gioie stanno sempre nel raggio della sua vita una, ove tanto gli uni quanto le altre devono pur aver luogo affinché la sua vita si svolga. È indifferente che in un punto o nell'altro si avveri il dolore o la gioia. Posso perciò accumulare qui (in me) ogni conquista, possesso, padronanza, là (in te) ogni miseria, sofferenza, sottoposizione, perché il qui e il là, il te e il me, non sono che differenze empiriche e apparenti, e chi gode o soffre è sempre lo stesso spirito uno.

È chiaro perciò che solo se sopra l'uomo non c'è alcun Essere, e se la realtà dell'uomo stesso (dello spirito) è soltanto quella empirica dei molti individui (cioè se esistono gli spiriti e non lo spirito) – vale a dire solo se non c'è Dio, nemmeno sotto la specie falsa dello spirito uno in eterno processo – solo allora è possibile una morale, non certo dalle apparenze speculativamente grandiose, che nascondono il vuoto, ma, nella sua modestia, saldamente consistente e fondata.

***

L'ateismo è una religione; perché l'essenza di questa sta nel preoccuparsi della realtà ultima, nel pensiero diretta a questa, in una affermazione intorno a questa nella quale sentiamo di racchiudere il nostro maggiore interesse mentale, e, quasi a dire, di porre in giuoco o decidere il nostro destino. Le affermazioni che enunciano al riguardo quelle che tutti chiamano religioni, sono diversissime, micidialmente contrastanti. Pure tutte si denominano "religione". Il fatto che l'ateismo enunci un'affermazione e una soluzione opposta alle altre, non lo può eliminare dal campo della "religione", la cui sostanza sta in un responso con serietà di passione e venerazione pronunciato dalla nostra coscienza intorno alla realtà suprema, più che (come pure i rispettivi fedeli credono o credettero talvolta di poter fare) si possa eliminare dal numero delle religioni e chiamare ateismo, il maomettanismo, o il buddismo collocandosi dal punto di vista del cattolicismo, o questo collocandosi dal punto di vista di quelli. Il fatto che è pacifico potersi parlare della religione dell'ateo Spinoza, è la conferma di quanto diciamo.

E un'altra conferma tratta dall'osservazione quotidiana, se ne ha in ciò, che si constata facilmente esserci maggiore affinità di spirito tra un religioso fervente e un ateo il quale viva appassionatamente la sua negazione o rassegnata o disperata, che non tra il primo e un credente per consuetudine e per indifferenza verso i problemi ultimi, l'uomo che dice: «Ma sì, Dio esiste, ci credo; però non stiamo a pensarci attorno; non confondiamoci le idee e non turbiamoci l'esistenza; occupiamoci invece di trascorrere questa il meno male possibile». I primi due si troveranno a comunicare insieme più volentieri e con maggior interesse, che non il primo col terzo. Perché i primi due hanno un terreno comune che tra il primo e il terzo non c'è: appunto quella importanza somma che ha per entrambi l'affermazione circa la realtà ultima nella quale consiste l'essenza della religione. Tale essenza, cioè, in ultima analisi, sta in quella ardente passione per cercar di dare un'interpretazione all'universo, la quale passione soltanto (e proprio quando l'interpretazione non è religiosa nel senso ordinario, ma filosofica) è ciò cui Spinoza, assai significantemente per questa nostra tesi, ha chiamato «amor dei intellectualis».

Essendo così, l'ateismo, in questo senso, religione, esso si chiarisce tosto come la più alta e pura di tutte le religioni.

Tutte le altre religioni sono in ultima analisi, e sia pure lontanamente, una costruzione dell'egoismo. Sono, come abbiamo detto, una formazione "volontaria", scaturente dai nostri bisogni più pressanti, e intesa a soddisfarli. La conservazione del "caro io" è ciò che con la presenza di Dio e con l'immortalità da questo assicurata, hanno, in fondo, di mira. Di qui una nuova micidiale contraddizione in cui esse si aggirano.

Avvertono esse, infatti, che il motivo religioso fondamentale è lo sradicamento totale dell'egoismo, e capiscono insieme che l'aspirazione alla vita immortale, loro caposaldo, è dell'egoismo più sconfinato, imperioso, insofferente di ragioni, la piena consacrazione. Da ciò il loro sforzo assurdo – parallelo a quello, altrettanto insensato, della teologia negativa per congiungere l'Essere e il nonEssere – onde cercar di identificare il "morire a se stesso" con una vita gloriosa e luminosa sempre del medesimo "se stesso"; onde dissolvere l'io, pur venendo tale dissoluzione avvertita, apprezzata, paradisiacamente gustata sempre dall'io. Da ciò, anche, una nuova fonte di immoralismo: quello che viene alla luce soprattutto in quei "quietisti" e mistici i quali affermano doversi sradicare l'egoismo fino a rinunciare alla beatitudine eterna, e quindi desiderare la dannazione e perciò peccare deliberatamente per procurarsela. Aberrazioni che trovano però negli stessi motivi fondamentali della religione propriamente detta la loro provenienza pienamente logica.

L'ateismo è la sola religione che bandisca completamente ogni egoismo, e, naturalmente, non abbia bisogno, a tal uopo, d'alcun immoralismo. Esso costruisce la realtà ultima con la totale eliminazione di tutti gli interessi e bisogni dell'io, col sacrificio completo del proprio "caro io". Esso contempla con stoica fermezza o con leopardiana disperazione, una realtà del tutto indifferente a noi, cieca e sorda, e quindi tale anche pei nostri bisogni, per tutto il nostro Essere. Un mirabile pathos, un profondo senso tragico della vita, che non conoscono le religioni, dove tutto è ben accomodato e sistemato, quasi a dire in famiglia, e tutto si sa già che va a finire in regola, come nei "romanzi per le giovinette" – dove il guancialetto di Dio sopisce il pathos nel sonno fiducioso – sorge da tale contemplazione. L'uomo si sente, enigmaticamente, di fronte a un Tutto che nella sua immanità, nella sua immensa grandezza in confronto nostro e quindi nella sua assoluta indifferenza per noi, nello stesso senso di depressione e di trepidanza che la sua maestosa cecità ci imprime, incarna veramente in sé alcuni dei principali attributi che si usa ascrivere alla divinità. Solo l'ateismo perciò, in questo suo assoluto disinteresse, in questo suo distacco totale dall'io con cui costruisce e pensa la realtà, in questa sua completa dedizione dell'io alla più austera e rigorosa obiettività, nella sua rassegnata e impassibile sommissione al Tutto e ai suoi moti, che la stessa ateistica concezione di questo come privo di pensiero e di volontà, logicamente ed esclusivamente impone (e anche perché esso elimina così da Dio le accuse che i mali del mondo – i quali, come giustamente avverte E. v. Hartmann in *Das sittliche Bewusstsein*, autorizzerebbero l'uomo a chiamar Dio, anziché Dio l'uomo, a scolparsi dinanzi al suo tribunale – renderebbero giustificate, anzi inevitabili; e assicura la stoica spinoziana attitudine di venerazione e accettazione) solo l'ateismo è puro e pio, solo l'ateismo è la grande vera religione.

Verso tutte, ma proprio tutte quelle cui si dà abitualmente il nome di religione, va ripetuta la più nota delle *Votivtafeln* di Schiller. «La mia fede. – Quale religione professo? Nessuna di tutte quelle che tu mi nomini. E perché nessuna? – Per religione.»